Hans-Peter Wohlrab

Lebenserinnerungen von
Ernst Martin Wohlrab

Nur die Weisheit ist es, welche die Traurigkeit aus dem Herzen vertreibt und die uns nicht vor Angst erstarren lässt. Unter ihrem Geleit lässt sich in Seelenfrieden leben.

Marcus Tullius Cicero (106 bis 43 vor Chr.)
Römischer Redner und Staatsmann

Hans-Peter Wohlrab

Ernst Martin Wohlrab

Die Lebenserinnerungen
meines Urgroßvaters
(geboren 1834 verstorben 1913)

Bibliografische Information der Deutschen Nationalbibliothek:
Die Deutsche Nationalbibliothek verzeichnet diese
Publikation in der Deutschen Nationalbibliografie;
detaillierte bibliografische Daten sind im Internet
über http://dnb.d-nb.de abrufbar.

Herstellung und Verlag:
BoD – Books on Demand, Norderstedt
ISBN 9 783734 741159

Inhaltsverzeichnis

Mit Asterisk (*) gekennzeichnete Worte verweisen auf einen Eintrag im Glossar.

Vorwort

Die Lebensbeschreibung meines Urgroßvaters bekam ich unerwartet in die Hände. Was dieser Altphilologe im Sommer 1911 in seinen Erinnerungen beschreibt, hat mich fasziniert. Welch ein großartiger Lebensweg. Ich denke, diese wertvollen Unterlagen sollten nicht verloren gehen, und so glaube ich im Sinne meiner Familie zu handeln, wenn daraus ein kleines Buch entsteht.

Die Veröffentlichung meines Familienbuches *„Christstollen und Schweineschmalz"*, eine Kindheit zwischen Dresden und Luttmissen, hat mir gezeigt, welch weitreichendes Interesse so ein Buch erfährt. Aus unterschiedlichem Anlass haben mich Menschen auf meine Vorfahren angesprochen, nicht zuletzt auf Ernst Martin Wohlrab und seine Kinder Hans Wohlrab (Ministerial- und Geheimrat im sächsischen Finanzministerium), Paul Wohlrab (Theologe und Missionar in Tansania), Georg Wohlrab (Landgerichtsdirektor in Dresden) und den Maler Karl (Karly) Wohlrab, dessen Bilder sich bis heute im Kunstmarkt befinden. Eine Tochter Hedwig ist früh gestorben und die Tochter Frieda heiratete Emil Mücklich aus Chemnitz.

Mein Urgroßvater aus dem Vogtland war ein gläubiger Christ und begnadeter Sprachwissenschaftler. Als Philologe hat er verschiedene Bücher geschrieben. Neben dem bekannten Buch: „Die altklassischen Realien im Gymnasium" auch das Werk: „Grundriss der neutestamentlichen Psychologie".
(WorldCat Identities zeigt unter Martin Wohlrab folgendes: *269 works in 830 publications in 6 languages and 2,061 library holdings).*

In den zurückliegenden Wochen habe ich bei meinen Nichten und Neffen nach Unterlagen der Familie Wohlrab geforscht. Neben einer umfangreichen Fotosammlung kamen die Lebensbeschreibungen von Prof. Dr. Ernst Martin Wohlrab in meine Hände. An dieser Stelle danke ich ausdrücklich Hans Jörg Wohlrab, Sohn meines verstorbenen Bruders, für die Überlassung dieser so wertvollen Dokumentation.

Allen Lesern dieses Buches wünsche ich gute Unterhaltung und Anregung.

Reichenbach im Vogtland

Die Jahre 1834 bis 1848 ✦
Wohlrab wird abgeleitet von Wolf und Rabe? ✦
Der Großvater, Gerber und Landwirt ✦
Das Gebet und der Kirchgang prägen den Jungen ✦
Besuch der Bürgerschule ✦

Da es in der Gesellschaft für unziemlich gilt, von sich selbst zu reden, so liegt der Schluss nahe, dass es nicht unbedenklich ist, von sich selbst zu schreiben. Ist man überdies schon in das Greisenalter eingetreten, so liegt die Gefahr der Schwatzhaftigkeit nahe, die zur Voraussetzung hat, dass anderen interessant sei, was nur ganz persönlich Bedeutung hat.

Wie sind diese Schwierigkeiten zu umgehen oder wenigstens zu mindern? Nur dadurch, dass man sich als ein Produkt der Zeit und der Verhältnisse darstellt, in denen man sein Leben zugebracht hat. Auf diese Weise tritt man selbst in den Hintergrund, im Vordergrund stehen die Ereignisse und Personen, die es verdient haben, dass man ihrer dankbar gedenkt.

Als Philologe* mache ich natürlich mit meinem Namen den Anfang. Man leitet Wohlrab meist von den beiden Tieren des Odins her, dem Wolf und dem Raben. Das mag bei dem Namen Wolfram zutreffen. Aber es ist sprachlich doch nicht möglich, dass in Wohlrab das f ausgefallen ist.

Von dem Zusammenhang mit den beiden den alten Germanen heiligen Tieren werden meine Vorfahren von Ernst Moritz Arndt* ausgeschlossen und den Missetätern der schlimmsten Sorte zugewiesen. Als ich als Bonner Student 1856 mich ihm vorstellte, rief er aus:
„Ah, das ist ja der alte Wohlrab in der *Lex Salica".
Wal heißt die Leichen-, die Grabstätte. Walraub begeht, wer eine Leiche ausgräbt und beraubt. In der Tat handelt LV 2 der Lex Salica von diesem Verbrechen. Ist sonach Wahl mit dem ersten Teil von Wahlrab in Verbindung zu bringen, so der zweite mit dem Raben. Dieser Fall liegt auch in dem Namen Wahlram, Walraf, Wallraff vor. Wohlrab ist also der Rabe, der auf der Wahlstatt sein Wesen treibt. Dass Wahl im Munde des Vogtländers in Wohl überging, ist leicht verständlich.

Übrigens ist auch in der Form Wohlrab der Name weitverbreitet in Deutschland. Zu meiner Überraschung fand ich ihn in der von der bayrischen Akademie der Wissenschaften herausgegebenen „Allgemeinen deutschen Biographie". Seine Träger hatten sich durch Leistungen als Schauspieler diese Auszeichnung verdient.

Da Arndt eine so abschreckende Aufklärung über das Treiben meines Geschlechtes jedenfalls in noch heidnischer Zeit durch seine Namensdeutung gibt, darf ich wohl ein ausgleichendes Urteil von ihm über das Vogtland anführen, dem ein Teil desselben noch angehört:
„Ein schöner Menschenschlag lebt im Vogt- und Frankenland. Die Bauern dort haben mir sehr gut gefallen; das sind kräftige Leute. Ich sehe nämlich immer, wenn ich ein Land bereise, auf die Bauern. Das sind die alten Eichenstämme, die sich nicht so leicht aus dem Boden herausreißen lassen."

Dem Bauernstand gehörten meine nächsten Vorfahren freilich nur zur Hälfte an. Von ihnen galt das Goethische Wort:
„Heil dem Bürger des kleinen Städtchens, welcher ländlich Gewerb mit Bürgergewerk paart!"

Sie verbanden mit Landwirtschaft den Betrieb einer Gerberei. Und Heil war unserem Haus auch dadurch widerfahren, mit seiner Begründung, dass das Christentum seinen Einzug in dasselbe gehalten und in den Herzen aller, die ich kannte, tiefe Wurzeln geschlagen hatte.

Die persönlichen Erinnerungen in einer Familie gehen meist bis auf den Großvater zurück. Der meinige steht mir vor den Augen als eine achtunggebietende Persönlichkeit, obwohl ich noch im Knabenalter war, als ich ihn verlor. Wenn Schulkameraden mir sagten: „In eurem Haus wird das Geld mit Scheffeln gemessen", so mag diese Übertreibung wohl auf ihn zurückgehen. Er hatte zwei Söhne und vier Töchter und hinterließ meinem Vater als dem Jüngsten ein schuldenfreies Anwesen, bestehend aus fünf Gebäuden, von denen eines als Wohnhaus diente, zwei der Gerberei, zwei der Landwirtschaft, dazu Felder und Wiesen. Die ungemeine Arbeitskraft und Arbeitslust und die große Genügsamkeit meines Vaters erhöhten den Wert dieses schönen Besitztums. Es war eine Sonntagsfreude ihn zu sehen als den ruhigen Bürger, der sein väterliches Erbe mit stillen Schritten umgehet. Erhöht wurde dieser Wohlstand dadurch, dass auch meine Mutter nicht mittellos in dieses Haus eintrat.

Diese äußeren Güter erhielten durch den religiösen Sinn, der in meinem Elternhaus lebte, ihren höheren Wert, ihre unvergessliche Weihe. Morgen- und Abendgebete, Tischgebete fehlten an keinem Tage. Die Sonn- und Feiertage wurden geheiligt. Es war mein Großvater, der mich zum ersten Male mit in die Kirche nahm. Später hatte ich von der Predigt Text, Thema, Teile mitzubringen. In meiner Knabenzeit war es üblich, dass nach der Einleitung der Predigt ein Vers gesungen wurde, der Kanzelvers. Das ganze Lied, aus dem er genommen war, wurde in meinem Elternhaus nach dem Mittagessen gesungen, dann in früheren Zeiten ein Abschnitt aus den Stunden der Andacht gelesen, später eine Predigt von Ludwig Hofacker oder Johann Friedrich Ahlfeld. Der Gesang meiner Eltern machte auch auf die nicht eben kirchlich gesinnten Nachbarn manchmal den Eindruck, dass die vor den Fenstern standen und zuhörten.

Diesem tief religiösen Sinne meiner Eltern entsprach ihr ganzer Lebenswandel. Ein gottloses Wort wurde in ihrer Nähe nicht geduldet. In allem, was mein Vater tat, bewährte er klaren Verstand, gesundes Urteil, unentwegte Rechtschaffenheit, gutes Gedächtnis. Seine Strenge, die er am meisten gegen sich selbst übte, ermäßigte meine Mutter, eine weichere Natur, die in der Erfüllung ihrer häuslichen und mütterlichen Pflichten unermüdlich war. Hier traf das Wort zu:
Die Strenge des Vaters und die Milde der Mutter machen die Erziehung.

Gern gedenke ich meiner früh verwitweten Großmutter mütterlicherseits, der Großmutter Wilhelmine Klotz. Auch sie war eine fromme Frau; ich habe sie oft abends beim Sechsuhrläuten beten hören. Ihr nahe am elterlichen Grundstück gelegener Obst- und Gemüsegarten war ein gern besuchter und genußreicher Aufenthaltsort für mich. Sie hat mir viel Liebe erwiesen. Man rief mich zu ihrem Begräbnis, als ich in Leipzig studierte.

Wohlrab, Gottfried, ev.luth.
Loh-u.Sämischgerber/V.
Reichenbach/V.
Reichenbach/V
* 8.2.1761
† 17.5.1843

Meyer, Christiana, Sophie, ev.luth.
Treuen/V.
Reichenbach/V.
* 30.6.1766
† 22.12.1844

Klotz, Christian, Friedr.
Riemer, ev.luth.
Reichenbach/V.
Reichenbach/V.
* 18.2.1777
† 3.10.1832

Götze, Wilhelmina, Christina, ev.luth.
Reichenbach/V.
Reichenbach/V.
* 23.7.1785
† 13.2.1858

Jenke, Johann, Schneider, Uhyst
* 13.11.1783

Reimann, Agnes

Stiebitz
* 21.4.1787

Loewe, Karl
Kreisgerichtsrat

Gericke-Luck, Philippine

∞ 20.4.1790 Treuen/V.   ∞ 8.9.1805 Mohn/V.   ∞ 2.10.1808 Diehsa   ∞

8. Wohlrab, Ernst Gottlob
Landwirt
ev.luth.
* 22.1.1807
Reichenbach/V.
† 19.5.1893
Reichenbach/V.

9. Klotz, Friederike Wilhelmine
ev.luth.
* 27.8.1813
Reichenbach/V.
† 29.6.1899
Reichenbach/V.

10. Jencke, Johann Friedrich
Dir.d.Taubstummen-anst. ev.luth.
* 27.6.1812
Diehsa O.L.
† 4.8.1893
Dresden

11. Loewe, Carolina, Maria, Philippina, Henrietta
ev.luth.
* 13.11.1817
Stettin 1.Pomm.
† 22.2.1882
Dresden

∞ 20.5.1834 Reichenbach/V.   ∞ 27.6.1839 Neiße

4. Wohlrab, Ernst Martin
Geh.Studienrat,Professor,Dr.,
*25.10.1834 Reichenbach/V.
†30.5.1913 Dresden
ev.luth.

5. Jenke, Clara, Agnes
* 5.12.1841 Dresden
†18.6.1904 Dresden
ev.luth

∞ 9.8.1862 Dresden

Unseres Hausstandes kann ich nicht gedenken, ohne unseres Knechtes Johann Walther Erwähnung zu tun. Er gehörte ihm seit seiner Begründung an und blieb ihm treu, bis seine Kräfte versagten, achtunddreißig Jahre lang. Ich weiß nichts davon, dass er sich jemals etwas hätte zu Schulden kommen lassen, dass er eine Sünde begangen hätte. Die Kirche besuchte er regelmäßig nachmittags. Um nicht zu fluchen, machte er seinem Zorn dadurch Luft, dass er rief: „Million, Million!". Ihm gegenüber beschlich mich manchmal das Gefühl des Neides; der Kreis seiner Pflichten war eng begrenzt, er hatte die Kraft und den Willen sie alle recht zu erfüllen. Ich versuchte einmal zu ackern. Er nahm mir bald den Pflug aus der Hand: „Die Furche wird nicht tief genug". Dieses Wort kam mir nachmals wieder in den Sinn, wenn ich Gefahr lief oberflächlich zu arbeiten. Sein kindlich reines Gemüt spiegelte sich in seinem Ende ab. Er phantasierte: „Weiße Tauben kommen zum Fenster hereingeflogen, die ganze Stube voll weißer Tauben; sie tragen mich in die Höhe".

Meiner Vaterstadt Reichenbach im Vogtland gehörte ich nur dreizehn Jahre an. Ihre Bewohner lebten in engen und einfachen Verhältnissen. Die Eisenbahn verband das Städtchen noch nicht mit dem Weltverkehr, Fabriken waren noch keine da. Die meisten Bewohner waren Weber; Kaufleute und Handwerker gab es ebenso viele, dass durch ihre Waren der Bedarf des Städtchens und der umliegenden Dörfer gedeckt wurde. Der Arbeiter lebte allerdings sehr beengt, aber doch im eigenen Heim mit den Seinen zusammen. Sein höchstes Ziel war die Erwerbung eines eigenen Häuschens mit einem Kartoffelfeld. Die Sorge für Weib und Kind legte ihm Sparsamkeit und Bescheidenheit sehr nahe. Sein Gesichtskreis mag ein beschränkter gewesen sein, aber er lebte doch ein individuelles Leben, ein Leben für sich. Nur die Innungsverbände führten die Zugehörigen alljährlich einmal zusammen, neue Anregungen gaben sie nicht.

Das Vogtland mit Reichenbach und Plauen

Der Kirchenbesuch galt als etwas Wohlanständiges, als eine Art Tribut, den man dem lieben Gott darbrachte mit Dank, dass er bisher geholfen hatte, in der Hoffnung, dass er weiter helfen werde. Die Wirksamkeit der Geistlichen ging nicht wesentlich über die Predigten und die Kasualien hinaus.

Den Anfang meiner Erinnerungen bildet eine große Wassersnot. Das an unserem Grundstück vorüberfließende Bächlein schwoll infolge eines Wolkenbruchs so hoch an, dass die Wassermassen die davor liegende Brücke überfluteten und in unsere Parterrestuben bis zur halben Höhe der Fenster eindrangen. Das Haus war wegen seiner starken Mauern nicht gefährdet, aber die unaufhörlich steigenden Wässer flößten doch Angst ein. Meine Mutter war mit uns Kindern allein zur Stelle, furchtsame Hausgenossen vermehrten die Sorge. Um sie zu bannen, forderte meine Mutter auf einen Choral zu singen und stimmte ihn selber an.

Mein Vater und das ganze männliche Personal des Hauses waren abwesend. Erst in der Nacht kam er an und arbeitete sich mit übermenschlicher Anstrengung bis zur Wohnung durch. Dabei zog er sich einen Bruch zu, der eine Operation notwendig machte. Der starke Mann ließ sich einen Spiegel so hängen, dass er zusehen konnte. Meine Mutter lag mit uns Kindern in einem nahen Zimmer auf den Knien und betete. Es ging alles glücklich vorüber.

Als ich im schulpflichtigen Alter war, wurde ich der vierklassigen Bürgerschule übergeben. Ich besuchte sie bis zu Ende, habe aber keine besonderen Erinnerungen, die sich an den Unterricht anknüpfen. Gelegentlich hielt man mich für tauglich einen abwesenden Lehrer zu vertreten.

Aber das Schulhaus kam mir noch manchmal in den Sinn. Es mochte in dem Jahrhundert, in dem es erbaut war, für stattlich gegolten haben; ich selber hatte an ihm nichts auszusetzen. Erst als sich die Ansprüche an die Schulhäuser immer mehr steigerten, kam ich auf den Gedanken, dass ich doch eigentlich in großer Lebensgefahr geschwebt hatte. Die Reinhaltung der Klassen war mehr als bedenklich. Sonnabends nachmittags wurde gekehrt. Da ich zu dieser Zeit in die Privatstunde ging, sah ich durch die offene Tür der Schulzimmer die Kehrfrau in einer dicken Staubwolke. Durch die Konrektorklasse ging man in die Rektorklasse. Auf dem Durchgang war in der Diele ein großes Loch; in dieses fiel der meiste Staub. Montag war es ein großes Vergnügen, in dieses Loch zu treten und den Staub aufzuwirbeln. Der Raum, in dem man sich in den Pausen aufhielt, war ein enger Gang, kaum größer als das Klassenzimmer; kein Sonnenstrahl fiel hinein. Darin waren der Abort, eine Düngegrube und der Schweinestall des Rektors. Ein Schweinchen soll einmal einem davor stehenden Schüler ein Stück Hosenboden herausgerissen haben. Heutzutage würde man einen solchen Ort mit den schwärzesten Farben als einen Ansteckungsherd nicht nur für Schüler, sondern auch für die ganze Stadt hinstellen. Nach meiner Erinnerung ließ aber der Gesundheitszustand der Schüler nichts zu wünschen übrig. Die Bazillen waren eben noch nicht entdeckt. Oder eignete sich die vogtländische Rasse weniger zu ihrer Kultur.

Mit dankbarer Rührung gedenke ich der Sorgfalt, mit der meine Eltern für meine Ausbildung besorgt waren. Schon ehe ich zur Schule kam, hatte ich bei einem Barbier und Firmenschreiber Unterricht im Schreiben. Später ging ich zu einem adeligen Stubenmaler Sonntagnachmittag in die Zeichenstunde. Ein Klavier wurde gekauft; ich lernte es spielen. Auch auf anderen Instrumenten habe ich mich später versucht ohne jeden Gewinn; denn ich war und blieb unmusikalisch.

Da mich meine Eltern dem Kaufmannsstande zuführen wollten, erhielt ich Unterricht in Französisch bei dem Konrektor Jähnig. Ich stellte meinem Vater vor, das Französisch sei aus dem Lateinischen entstanden; um es also gründlicher zu erlernen, müsse ich auch darin Stunden erhalten. Er ging darauf ein. Bald gefiel mir aber das Lateinische besser als das Französische. Dieser Weg führte ins Gymnasium. Obwohl ich so ganz aus der Art schlug, machte mein Vater keine Schwierigkeiten.

Meine Ausstattung wies darauf hin, wie wichtig man diesen Übergang in eine neue Lebensstellung ansah. Sogar ein Schlafrock fehlte nicht. Und Tante Klotz gab mir ein Kissen mit, damit ich die Arme darauf legen könne, wenn ich zum Fenster hinaussähe.

Plauen im Vogtland

Die Jahre 1848 bis 1854 ✦
Das Leben auf dem Gymnasium ✦
Die alten Sprachen, lateinische Poesie ✦
Sprache und Geisteswissenschaft fördern das Denken ✦
Die Wirren der Jahre 1848 und 1849 ✦

Ostern 1848 kam ich auf das Gymnasium in Plauen. Es hatte sechs Klassen; die Klassen des eigentlichen Gymnasiums, Prima bis Quarta, hatten anderthalbjährige Kurse, die des Progymnasiums, Quinta und Sexta, einjährige. Ich kam nach Quinta und ging nach sechs Jahren ab.

Die philologischen Lehrer waren alle Schüler von Gottfried Hermann in Leipzig gewesen und übertrugen den Segen, der er ihnen gewesen war, auf die Schule. Dieser bestand in einer Beherrschung der alten Sprachen, wie sie später seltener geworden ist; sie schöpften mehr aus dem Vollen. Und so war ihr Unterricht ersprießlicher und erfreulicher als der sich wesentlich an Grammatiken und Statistiken anklammernde späterer Zeiten.

Wie anmutig führte uns der Rektor Dölling in die lateinische Poesie ein! Er las in Quarta mit uns Ovids Tristien*, die uns recht wohl gefielen. Ganz kurz machte er uns mit den Eigenheiten des Hexameters* und des Distichons* bekannt, wir lernten sie ja sofort durch das Lesen kennen. Gegen das Ende der Stunde gab er uns ein paar ansprechende deutsche Sätze, daraus hatten wir Distichen zu machen. Die ganze Klasse beteiligte sich an der Übung. War das erforderliche Material beisammen, so machte er auf die Stellen aufmerksam, die besonders zu beachten sind. Schließlich war durch die gemeinsame Arbeit des Lehrers und der Schüler das Distichon fertig. Natürlich wusste der gewandte Mann auch sonst noch brauchbare Worte, die wir Schüler vorgebracht hatten, sofort wieder zu neuen Versen zu verwenden. So kamen im Anschluss an die Ovidstunden meist drei Distichen zustande. Ich habe sie gesammelt und oft mit Vergnügen gelesen.

Diese gelegentliche Einführung in die lateinische Verskunst hatte freilich unendlich mehr Ansprechendes als das Lernen von prosodischen und metrischen Regeln und das geistlose Einrenken lateinischer Worte in ein Schema. Wir Deutschen haben ja einen Hang zur Gründlichkeit. Ich tadle ihn nicht, aber der Pädagoge täte doch gut zu fragen, welchen Gewinn er im einzelnen Falle für seinen Zögling abwirft. Was nützen denn die prosodischen und metrischen Übungen zum Verständnis der lateinischen Poesie, dem sie doch im letzten Grunde dienen sollen?

In Tertia gab Dölling vertretungsweise griechische Extemporalia. Er diktierte deutsch ein Kapitel aus Plutarch*, wir schrieben griechisch nach. Dann machte er das Buch zu, wir taten dasselbe. Hiernach forderte er uns auf, griechisch den Inhalt des Kapitels anzugeben.

In Quarta lasen wir schon ziemlich geläufig Caesar unter der Leitung Meutzners. In Prima gab dieser tüchtige Philolog in freiem mündlichen Vortrag die Einleitung zu Terenz* lateinisch; lateinisch interpretierte und verkehrte er auch mit uns.

Vogel las mit uns in Tertia Sallusts* Catilina und Ovids Metamorphosen. Überaus gewandt im Gebrauch der deutschen Sprache, legte er das größte Gewicht auf eine mustergültige Übersetzung. Sein Geschick uns darauf hinzuleiten war bewundernswürdig.

Zuletzt gab Döllings Nachfolger Palm unseren Errungenschaften in den alten Sprachen einen guten Abschluss. Doch spielte auch bei ihm Grammatik und Stilistik nicht die dominierende Rolle, die sie später nicht zum Ergötzen von Lehrern und Schülern hatten. Wir sind mit viel wenigeren Regeln ausgekommen, aber durch das Lesen, Sprechen und Schreiben waren unsere Leistungen doch respektabel.

Neben den alten Sprachen kam die deutsche zur vollen Geltung. Das meiste verdankten wir Vogel, der uns namentlich in Secunda treffliche Anleitung zu den Arbeiten und durch die Korrekturen die nützlichsten Winke gab. Auch seine Erklärung der Dichter ist mir noch in bester Erinnerung. In Prima kam der Unterricht durch Palm zum Abschluss, indem er uns eine Übersicht über die Literatur bot, so umfassend, dass ich in einem Kolleg bei Simrock in Bonn nicht mehr gelernt habe.

Man wird den Eindruck haben, dass die sprachliche Ausbildung ein allzu großes Übergewicht über die anderen Fächer hatte. Nur Mathematik, Religion und Geschichte kamen durch ihre Vertreter Thieme und Gessing zu ihrer Geltung, die übrigen Fächer weniger. Unzweifelhaft hatten wir als Abiturienten weniger Kenntnisse, als heutzutage gefordert werden, aber wir wussten mit unseren Kenntnissen mehr anzufangen, wir hatten mehr Übung im Denken.

Jetzt werden die Sprachen mehr gelernt, früher wurden sie mehr geübt. Aber die Kenntnisse an sich sind nicht wertvoll, Wert erhalten sie erst durch die Anwendung. Alles Übersetzen ist Vergleichen, alles Vergleichen ist Auffinden der Ähnlichkeiten und der Verschiedenheiten, ist also Denken. Mit gutem Recht rühmte man früher dem Gymnasium nach, es lehre denken, während die realen Anstalten mehr Kenntnisse böten.

Als ich Rektor in Chemnitz war, nahm der Großindustrielle Richard Hartmann* jede Ostern einen Gymnasiasten mit dem Freiwilligenzeugnis in sein Kontor. Ich sprach ihm einmal meine Verwunderung darüber aus. Er gab mir die Auskunft: „Ihre Schüler bringen wenig Kenntnisse mit, die ich brauchen kann, aber sie können denken, und damit kommt man schnell zu etwas. Die Handelsschüler glauben alles schon zu wissen, was sie bei mir zu lernen haben. Das macht unnütze Schwierigkeiten".

Man rechnete es der mathematischen Bildung zum Lobe an, dass ihr nicht die Lehrsätze die Hauptsache sind, sondern die Denkarbeit, die mit ihnen zu leisten ist. Kann denn die sprachliche Bildung nicht dieselbe Verwendung finden? Die Mathematik fördert das Betreiben der Naturwissenschaften, die Sprachen das Betreiben der Geisteswissenschaften. Mathematik und Naturwissenschaften bilden das Denken und schärfen den Gebrauch der Sinne, Sprache und Geisteswissenschaft nehmen in gleichem Maße das Denken in Anspruch, aber sie geben für die Auffassung dessen, was das Menschenleben an uns bringt, und für die Lösung der sich daran anschließenden Aufgaben die direkteste und beste Anleitung. Dazu kommt der Segen, der meist unbewusst aus der Literatur der Alten in unsere moderne Bildung übergeht. Wir lernen durch sie den natürlichen Menschen kennen. Das ist die Voraussetzung jeder tieferen Menschenkenntnis. Dazu steht der antike Mensch noch nicht im Gegensatz zum Christentum, sondern lässt uns diese als die höhere Stufe der religiösen Bildung erscheinen.

Ich selbst kann nur mit der aufrichtigsten Dankbarkeit auf meine Gymnasialbildung zurückblicken. Das Leben hat die verschiedenartigsten Anforderungen an mich gemacht, vielfach sehr praktische, aber niemals habe ich in der Einseitigkeit meiner Bildung ein Hindernis gefunden sie zu erfüllen. Überdies legte mir oft genug der spezielle Fall, den ich zu behandeln hatte, den allgemeineren Gesichtspunkt nahe, unter dem ich ihn aufzufassen hatte. Auch das ist ein Segen des Überblickes über die durch das Altertum vermittelten allgemeinen menschlichen Verhältnisse.

Das Leben der Gymnasiasten war unter Dölling wenig eingeschränkt, es entfaltete sich in großer Freiheit. Und so kam es, dass sie auch von den Wirren der Jahre 1848 und 1849 etwas verspürten, ich insbesondere deshalb, weil der Klassenlehrer von Tertia, in der ich damals saß, Mitglied des Revolutionskomitees war. Da kam es denn vor, dass der in seinem Beruf gewissenhafte und pflichttreue Mann verhindert war seine Stunden zu halten. Seine Schüler, sich selbst überlassen, füllten die Zeit damit aus, dass sie tumultuarische Disputationen darüber anstellten, ob die Republik besser sei oder die Monarchie. Da alle für die Republik waren, mussten einige gezwungen werden, sich der Monarchie anzunehmen. Den Vorsitz führte der Sohn des Klassenlehrers. Er stand auf dem Katheder und gab seiner Würde dadurch den nötigen Nachdruck, dass er eine alte Pistole in der Hand hielt.

Hiernach konnte es kaum auffallen, dass ich Freischärler, die nach Dresden auszogen, das Königtum zu stürzen, durch Verse zu großen Taten zu begeistern suchte. Ich gab sie meinem Lehrer, er ließ sie in einem Blatt drucken. Schaden haben sie nicht angerichtet; die Heldenschar kehrte sehr bald in aller Stille zurück. So war mein erstes literarisches Hervortreten glücklicherweise ganz erfolglos geblieben.

Rektor Palm zog die Zügel etwas straffer an, doch blieb uns noch Freiheit genug zu persönlicher Entfaltung und Betätigung. Gern gedenke ich noch eines poetischen Kränzchens, das auf meiner Stube seinen Sitz hatte. Es wurden darin Gedichte vorgelesen und kritisiert, welche die Mitglieder verfasst hatten. Manches war nicht übel und schien zu Hoffnungen zu berechtigen, aber ein Dichter ist nicht daraus hervorgegangen. Doch legten diese Versuche Zeugnis davon ab, dass ein höherer Schwung, ein idealer Zug nicht fehlte, und das steht der Jugend gut an.

Mit Vorliebe beschäftigte ich mich mit Dichtern. In Quarta deklamierte ich den ersten Gesang von Tiedges* Urania, der umfangreich genug ist. Mein Lehrer Vogel lobte meinen Fleiß, konnte aber doch sein Bedauern nicht zurückhalten, dass ich ihn darauf verwendet hatte. Meine Lieblingsdichter waren Körner, Hölty, Ewald von Kleist, Chamisso, Seume, vor allem Schiller. Goethe wusste ich noch nicht zu würdigen.

Ein bleibendes dankbares Andenken hat sich bei mir die Familie Vogel gestiftet. Ihr Oberhaupt hat mich von Quinta bis Secunda als Lehrer und Berater geleitet. Der Frau des Hauses, die in der Literatur ungemein bewandert war, verdanke ich vieles, was mir zur Einführung in das Leben förderlich war. Mit dem ältesten Sohne des Hauses verband mich in der Schul- und der Universitätszeit ein enges Freundschaftsbündnis, an das sich viele Erinnerungen an schöne Stunden und reiche Anregungen anknüpfen. Es wurde loser infolge der Verschiedenheit unserer Charakterentwicklung.

Eines Vorfalls gedenke ich noch, da er mir nicht aus dem Sinn gekommen ist. In der Pension, in der ich war, kam ganz zufällig einmal das Gespräch auf eine untrügliche Kartenlegerin. Ich bestritt natürlich ihre Kunst und glaubte eine Methode gefunden zu haben, sie der Täuschung zu überführen. Auf meinen Wunsch wurde sie sofort herbeigeholt. Ich fragte sie, ob sie mir auch meine Vergangenheit sagen könne, und da sie zu meiner Verwunderung das bejahte, forderte ich sie auf, das zu tun. Sie breitete die Karten vor mich hin und sagte mir zunächst Dinge, die jeder normale Mensch erlebt, dann stutze sie und eröffnete mir, ich sei von einem hohen Gerüste heruntergefallen. Das war richtig, aber niemand außer mir konnte das wissen. Ich hatte keinen Schaden, kein Mal davongetragen, deshalb war nie davon die Rede gewesen. Diese Probe machte mich doch neugierig; ich frug weiter nach meiner Zukunft und erfuhr, ich würde in einer großen Stadt in leitender Stellung leben. Auch dies erwies sich als richtig. Der Vorfall flößte mir eine gewisse Scheu und Vorsicht ein. Ich habe nie wieder eine solche Frau gefragt, es ist mir auch nie wieder eine begegnet.

Studium in Leipzig und Bonn

Die Jahre 1854 bis 1857 ✦
Beginn des Studiums in Leipzig ✦
Fortsetzung des Studiums in Bonn ✦
Prüfung und Doktorexamen in Leipzig 1857 ✦

Das erste Jahr, das ich in Leipzig verbrachte, schloss ich mich aufs engste an Zarncke* an, der kurz vorher als Vertreter des Deutschen berufen war. Das Verhältnis gestaltete sich bald zu einem persönlichen. Er regte in mir den Gedanken an, mich der akademischen Laufbahn zu widmen und glaubte mir dabei förderlich sein zu können. Als ich mein Examen bestanden hatte, kam er darauf zurück, doch wollte ich meinem Vater weitere Opfer nicht ansinnen und nahm eine Stellung an, die mich selbständig machte. Etwas später schenkte mir Zarncke das Vertrauen, dass er mir Rezensionen für das Literarische Zentralblatt übertrug. Viele Jahre lang habe ich die auf die griechische Philosophie bezügliche Literatur besprochen.

Von den klassischen Philologen übte besonders Nitzsch* eine gewisse Anziehungskraft auf mich aus. Er war eine charaktervolle Persönlichkeit; aus politischen Gründen musste er seine Stellung in Kiel aufgeben. Schade nur, dass er infolge seines Alters zu sehr rang seine Gedanken zur Darstellung zu bringen.

Die Westermannschen Vorlesungen zeichneten sich durch große Klarheit aus und führten in den damaligen Stand des Faches, das er behandelte, gut ein.

Die Universität Leipzig ist die größte Hochschule in Leipzig. Mit ihrem Gründungsjahr 1409 ist sie auf dem Gebiet der heutigen Bundesrepublik Deutschland die zweitälteste, seit ihrer Gründung ohne Unterbrechung arbeitende Universität.

Ernst Martin Wohlrab
Als Student in Leipzig

Nach einem Jahr bezog ich die Universität Bonn. Ich tat damit etwas Ungewöhnliches. Welcker* begrüßte mich mit den Worten: „Früher ging man nach Leipzig, um Philologie zu studieren, Sie kommen von Leipzig nach Bonn?". Mit allem Nachdenken kann ich mir heute nicht Rechenschaft geben, warum ich gerade diese Universität gewählt habe. Sie hat in meine Studien die entscheidende Wendung gebracht und den Grund zu meiner wissenschaftlichen Tätigkeit gelegt.

Den größten Einfluss hat natürlich Gottfried Hermanns bedeutender Schüler Friedrich Ritschl* auf mich ausgeübt. Er stand gerade auf der Höhe seiner Kraft und Wirksamkeit und war nicht nur ein Gelehrter, sondern auch ein Lehrer ersten Ranges. Vor allem verstand er es, uns zu zeigen, wie die wissenschaftliche Arbeit vor sich geht. Erst stellte er das Problem mit allen seinen Schwierigkeiten hin, dann zeigte er den Punkt, an dem man es anzufassen hatte, und die Wege, die zum Ziel führen. Durch seine lebens- und geistvolle Art ließ er seine Hörer nicht los, ihre Spannung hielt aus bis zu Ende. So wusste er seine Vorlesungen zu Erlebnissen zu gestalten.

Eine ganz andre Persönlichkeit war Welcker. Ritschl nannte ihn den Seher. Er hatte das griechische Altertum durch die Bildwerke und die Literatur so in sich aufgenommen, dass er ganz in ihm lebte und den Hörern von seinem großen Gehalt eine vollkommene Vorstellung geben konnte. Die griechische Literatur beherrschte er bis in das kleinste und so gab er die lebendigste Darstellung derselben. Gewöhnlich betrat er das Katheder mit einer Blume in der Hand.

Gleichzeitig mit mir war Otto Jahn von Leipzig nach Bonn übergesiedelt. Er führte in die römische Literatur ein und wusste sie in markigen Zügen als ein Produkt des römischen Geistes darzustellen.

Als eine besondere Gunst des Schicksals preise ich es, dass ich zwei Männer kennen lernte, deren Namen bei jedem Freunde des Vaterlandes einen guten Klang haben, Arndt* den ich nur in seinem Hause besuchte, und Friedrich Dahlmann*, bei dem ich deutsche Geschichte hören konnte. Eine hohe, imponierende Persönlichkeit stand er wie eine Bildsäule auf dem Katheder, aber das Auge und die Stimme verrieten die innere Teilnahme an den Personen und den Ereignissen, über die er klar und einfach, aber in der eindringlichsten Weise sprach.

In Bonn gewann ich den Eindruck, dass nicht die Gelehrsamkeit allein den Universitätsprofessor macht. Wenn er sich damit begnügt, den jeweiligen Stand der Wissenschaft seinen Schülern darzulegen, so leisten denselben Dienst gedruckte Bücher vielfach noch besser. Ihren Nachdruck, ihre Weihe gibt den Vorlesungen die Persönlichkeit des Sprechenden, namentlich wenn sie im stande ist in die wissenschaftliche Arbeit einzuführen.

Aber ich verdanke Bonn nicht bloß einen tieferen Einblick in das, was die Wissenschaft macht, sondern auch eine Erweiterung meines Gesichtskreises. Das Leben in der sächsischen Heimat kam mir nun beengt und gewöhnlich vor, der Rheinstrom, das Siebengebirge, Köln, das auf mich einwirkende geistige Leben gaben mir größere Eindrücke, gaben mir eine gehobene Stimmung. Dazu kamen die vielfachen neuen Erfahrungen, die das Leben der Katholiken auf mich machte.

Die Rheinische Friedrich-Wilhelms-Universität Bonn ist eine der großen Universitäten in Deutschland. Die nach dem preußischen König Friedrich Wilhelm III benannte und im Jahre 1818 gegründete Hochschule hat ihren Sitz in Bonn am Rhein und bezeichnet sich selbst als namhafte, traditionsbewusste Forschungsuniversität von internationalem Rang.

Nach den drei schönsten und ertragreichsten Semestern meiner Studentenzeit kehrte ich nach Leipzig zurück und rüstete mich, sie zum Abschluss zu bringen. Die Prüfung hatte deshalb Schwierigkeit, weil ich dem Leipziger philologischen Seminar nicht angehört hatte und deshalb den Professoren durch meine Leistungen nicht bekannt war. Da es aber im Herbst 1857 doch recht gut von statten gegangen war, wurde mir, wie das damals üblich war, die schriftliche Arbeit für das Doktorexamen erlassen; ich hatte nur eine kurze mündliche Prüfung abzulegen.

Meine Rückkehr nach Leipzig führte mich wieder mit meinem jüngeren Bruder Albert zusammen, mit dem ich schon die letzten Jahre in Plauen in Eintracht die Wohnung geteilt hatte. Er studierte Medizin und ging bald nach mir nach Bonn, um Helmholz zu hören.

Als Kandidat blieb ich noch bis Pfingsten 1858 in Leipzig, um das Probejahr an der Nikolaischule abzulegen. Dort traf ich mit Friedrich Hultsch* zusammen, zu dem ich bald in ein näheres Verhältnis trat.

Dresden Altstadt

Die Jahre 1858 bis 1877 ✢
Dr. Kraus Lehr- und Erziehungsanstalt 1858 bis 1861 ✢
Anfänge meiner Lehrtätigkeit ✢
Die Kreuzschule 1861 bis 1877 ✢
Die Häuslichkeit 1862 bis 1877 ✢

Die Lehr- und Erziehungsanstalt Dr. Kraus war die größte und blühendste Privatschule, die Dresden je gehabt hat. Der Direktor war eine durch seine Herzensbildung Vertrauen erweckende, gewinnende Persönlichkeit. Seine Frau, eine Engländerin, wusste zu repräsentieren und ließ sich namentlich die gesellige Bildung der Zöglinge angelegen sein. Ihre Schwester bewährte sich in der Führung der Finanzen aufs Beste. Deren Mann, Dr. Wagner, hatte einen guten Überblick über die Schule und war eine tüchtige Lehrkraft. So lag die Leitung des Ganzen in den geeigneten Händen.

Die Schule bestand aus drei Vorbereitungsklassen, die manchmal in parallele Cöten* geteilt waren, vier Real- und vier Gymnasialklassen. Die Kurse waren durchaus einjährig, konnten es auch in den Real- und Gymnasialklassen sein, da diese wenige Schüler hatten. Zumeist gehörten die Schüler den besten Familien an, nicht wenige dem Adel; sehr zahlreich waren die Ausländer, namentlich die Engländer vertreten.

Der Jahresbericht von 1859, vom ersten Jahr, das ich voll der Anstalt angehörte, weist 245 Schüler nach, von denen 109 Pensionäre waren. Diese Frequenz erklärt sich nur zum Teil dadurch, dass die öffentlichen Schulen in Dresden wenig entwickelt waren.

Der Anstalt gehörten ausschließlich 18 Lehrer an, dazu kamen noch 12 Lehrer, die noch andere Stellungen einnahmen. Ich selbst war von meinem Freund Vogel, dem nachmals als Geheimem Schulrate das höhere Schulwesen Sachsens unterstellt war, als sein Nachfolger empfohlen worden. Bald fand sich auch mein alter Freund Berdhold Schmidt ein, der später an der Spitze des Schulwesens von Greiz* stand. Dazu gesellte sich als dritter in einem engeren Freundschaftsbund Moritz Pabst, der als Konrektor des Realgymnasiums in Chemnitz seine Lehrerlaufbahn abschloss. Auch der nachmalige Oberhofprediger Ackermann gehörte diesem Kreis an. Ein innigeres Freundschaftsverhältnis verband mich mit dem älteren Dr. Hermann Wimmer, später auch mit seiner Familie. Allen aber merkte man es an, dass sie mit großer Freudigkeit diese erste Gelegenheit ergriffen, sich in dem erwählten Berufe zu üben. Die Freiheit und Selbständigkeit, in der es jedem vergönnt war zu wirken, hat wohl selten zu Missbrauch geführt.

Ich selbst gehörte dem Gymnasium an und hatte Unterricht in den alten Sprachen nach und nach in allen Klassen, in den letzten Jahren auch im Deutschen in der Prima und in der Geographie zu erteilen. Dass ich Plato in Prima zu lesen hatte, brachte mir zuerst diesen Schriftsteller näher. Vorher hatte ich nur das Symposion bei Jahn gehört.

Für die Einführung in den Lehrerberuf konnte es keine bessere Schule geben als die Krausesche Anstalt. Die Gymnasialklassen waren klein; man konnte sich also mit den einzelnen viel beschäftigen und in ein näheres Verhältnis zu ihnen treten. Jeder Lehrer war Spezialerzieher für eine Anzahl Schüler, über deren Führung hatte er vierteljährig schriftlich Bericht zu erstatten. Alle ihre persönlichen Anliegen hatten sie an ihn zu bringen. Dazu legte die Aufsicht auf dem Spielplatze und in den Arbeitsstunden, die man zu führen hatte, die Spaziergänge, die man zu leiten hatte, Pflichten auf, deren Erfüllung die erzieherische Erfahrung wesentlich bereicherte. Und so habe ich immer mit der größten Dankbarkeit an diese Anfänge meiner Lehrtätigkeit zurückgeblickt.

Die Kreuzschule, 1861 bis 1877

Obwohl mir alle meine Zeugnisse zur Empfehlung gereichten, obwohl ich mir nicht bewusst war irgendeine Kollision gehabt zu haben, wurde mir doch von zuverlässiger Seite mitgeteilt, dass ich vom sächsischen Staate keine Anstellung zu erwarten hätte. Eine Aufklärung konnte ich darüber nicht erlangen. Als ich einmal an kompetenter Stelle nach dem Grunde dieser Zurückweisung fragte, wurde ich kurz abgewiesen.

Da schlug mir etwas zum Heile aus, das zunächst eine Unannehmlichkeit war. Ich bat, mir den Rest des Probejahres zu erlassen, da ich an der Krauseschen Schule Gelegenheit genug hatte mich im Unterricht zu üben. Dieses Gesuch wurde abfällig beschieden, ich wurde an die Kreuzschule gewiesen. Nach einer Probelektion eröffnete mir Rektor Klee, er werde bei nächster Gelegenheit meine Berufung beantragen. So kam ich Michaelis 1861 gleichzeitig mit meinem Freunde Hultsch an diese städtische Schule.

Rektor Klee war eine hochachtbare Persönlichkeit. Als Mann der Wissenschaft hatte er sich in Leipzig bewährt, indem er nicht nur Lehrer an der Nikolaischule war, sondern auch Privatdozent an der Universität. Welches Lob ihm Grimm im Wörterbuch wegen seiner erschöpfenden Behandlung des Goethischen Sprachschatzes erteilte, ist bekannt. Als berufener Organisator des Gymnasialunterrichts führte er sich in Dresden ein. An Stelle der vier oberen Klassen mit anderthalbjährigen Kursen und der zwei unteren mit einjährigen Kursen schuf er das neunjährige Gymnasium mit einjährigen Kursen. Dem Vorgang der Kreuzschule folgten die anderen sächsischen Gymnasien.

Klee war eine gerade Natur und hatte einen klaren Blick für das Richtige, der sich nicht beirren ließ. Daraus floss seine unbestechliche Gerechtigkeit, sein treffendes Urteil über alle Fragen der Schule und des Lebens. Seine anspruchslose Einfachheit, seine anregende Mitteilsamkeit machten ihn allen, die ihm näher traten, wert und teuer. Er war in seltener Weise mit den Gaben ausgestattet, die seine Stellung als Rektor erforderte.

In Dresden fehlten Klee die großen und bedeutenden wissenschaftlichen Anregungen, die ihm Leipzig geboten hatte; er verkehrte da mit Vorliebe in den Kreisen der Künstler, die den geist- und kenntnisreichen Mann zu schätzen wussten und auf sein Urteil viel gaben. Als Hähnel ihm eine Porträtstatue von Körner zeigte, sagte er ihm: „ Sie können Besseres schaffen. Stellen sie doch dar: ja, liebes Schwert, frei bin ich und liebe dich herzinnig." So steht Körner vor der Kreuzschule.

Mein Verhältnis zu Klee war von Anfang bis zu Ende von Dankbarkeit und Verehrung getragen. Er nannte mich gelegentlich Ludwig den Eisernen. Als ich selbst ein Rektorat begleitete, habe ich mich viel an seinem Vorbild orientiert.

Das Kreuzschulgebäude war Jahrhunderte alt und konnte den billigsten Anforderungen nicht mehr genügen. Die Klassen waren lange, nicht eben hohe Zimmer, die viele Schüler fassten. Ich hatte in Quarta und Untertertia meist über 50 zu unterrichten. Zur Beleuchtung dienten Öllampen, nicht Gas. Der Hof war ein schmaler, langer, zum Teil gepflasterter Gang zwischen sehr fragwürdigen Seitengebäuden. Als König Johann* einmal die Schule besuchte, wollte ihn Klee abhalten auch das Alumneum* zu besichtigen. Er stieg aber hinauf. Die dürftigen Räume und ihre ärmliche Ausstattung machten ihn bedenklich; er frug: „Sind denn die jungen Leute hier auch gesund?" Klee, schlagfertig, wie immer, antwortete: „Ja, Majestät, aus drei Gründen. Die Luft ist nicht schlecht, das Wasser ist gut und sie bekommen nicht zu viel zu essen."

Alte Kreuzschule von 1557

Es ist der nachhaltigen Anregung Klees zu verdanken, dass an die Stelle des veralteten Schulgebäudes ein neues trat. Seit 1852 betrieb er in den

30

Schulnachrichten den Neubau. Im Sommer 1864 wurde er begonnen, am 1. Mai 1866 mit großen Feierlichkeiten eingeweiht.

Neue Kreuzschule von 1866

In der Kreuzschule trat ich als Klassenlehrer von Quarta ein, zwei Jahre später übernahm ich die Untertertia und behielt sie bis Ostern 1868. Die wesentlichsten Schwierigkeiten, die es hier zu überwinden gab, waren die übervollen Klassen. Indes Jugendmut half darüber hinweg.

Im Dezember 1867 starb Rektor Klee, er hatte ihr seit Januar 1849, also 19 Jahre vorgestanden. Sein Nachfolger wurde Hultsch, dem er schon seit 1862 das Ordinariat der Unterprima übertragen hatte. Er hat die Hinterlassenschaft seines Lehrers und Gönners treu verwaltet.

Hultsch war durchaus eine Gelehrtennatur. Mit Klarheit und Schärfe des Geistes, mit unermüdlichem Fleiße, großer Umsicht, einem trefflichen Gedächtnis ausgerüstet, war er der Behandlung schwierigster Probleme gewachsen. Er begann mit Studien über Polybius*, schrieb dann auf Klees Anregung das Lehrbuch der Metrologie und erwarb sich durch seine Bearbeitung der griechischen Mathematiker anerkannte Verdienste. Es war seiner Natur gemäß, auch alle Schulfragen in wissenschaftlichem Sinne zu behandeln und die Schule befand sich dabei wohl. Obgleich er seinen Obliegenheiten gewissenhaft nachkam, war es ihm durch eine peinlich genaue Zeiteinteilung doch möglich wissenschaftliche Arbeiten zu fördern.

Gleich nach dem Amtsantritt von Hultsch hatte ich unvermittelt von Untertertia aus das Ordinariat von Unterprima zu übernehmen, in der ich schon unter Klee vorübergehend beschäftigt war. Seit 1871 führte ich eine

Nebenprima, die zu einer Hälfte Ober-, zur anderen Unterprima war. 1875 wurde mir das Konrektorat übertragen.

So gehörte ich der Kreuzschule ausschließlich als Lehrender an und habe mich als solcher überaus glücklich gefühlt. Deutsch habe ich die zwei ersten Jahre in Untertertia gegeben, sonst habe ich nur in den alten Sprachen unterrichtet. Mein Verhältnis zu den Kollegen und Schülern war jederzeit das Beste. Und so denke ich mit dankbarer Anhänglichkeit der 16 Jahre, die ich der Kreuzschule durch mein amtliches Leben verbunden war.

Doch füllte der Unterricht trotz der nicht geringen Arbeit, die er mir auferlegte, meine Zeit nicht ganz aus. Es muss in meiner Natur ein Hang zum Schriftstellern liegen, den ich wohl auf meine Mutter zurückzuführen habe. Sie hatte eine große Vorliebe für Bücher und kaufte recht gute bis an ihr Ende für sich und ihre Kinder. Meine Schriftstellerei begann mit einer Programmabhandlung über den platonischen Gorgias*, den ich in der Krauseschen Prima gelesen hatte, und einer Aufgabensammlung zur Einübung der griechischen Formenlehre, also mit Schriften, die mit meiner Lehrtätigkeit auf engste zusammenhängen. Und das ist auch fast bei allen andern Veröffentlichungen der Fall gewesen.

Dieser Teil meiner Tätigkeit führte mich mit Alfred Fleckeisen, dem Konrektor des Vitzthumschen Gymnasiums, zusammen und begründete ein beglückendes Freundschaftsverhältnis, das in ungetrübter Einheit bis an sein Ende bestand. Seine aufopfernde Uneigennützigkeit, die er in der Redaktion der Jahrbücher aufs glänzendste bewährte, empfand ich dankbarst in seiner liebevollen Fürsorge, mich zu fördern, wo er nur konnte.

Zunächst übertrug mir auf Fleckeisens Empfehlung die Teubnersche Buchhandlung die Besorgung der 1866 erschienenen vierten Auflage von Platos Phaedo, die Stallbaum selbst herauszugeben durch den Tod verhindert war. Dabei lag mir ob, noch manches zu ändern und zu bessern. Daran schloss sich 1869 die selbständige Bearbeitung des Theaetet von Platon, 1875 des Phaedo, 1877 der Apologie und des Krito, alle mit lateinischen Einleitungen und Kommentaren. Für den Schulgebrauch erklärte ich 1873 den Euthyphro von Plato. Die Bearbeitung des Timaeus hatte ich übernommen, es ist aber nur eine Abhandlung über die Weltseele zustande gekommen.

Die Häuslichkeit 1862 bis 1877

Es war Freund Wimmer, der mich 1859 in die Familie des Taubstummendirektors Friedrich Jencke einführte. Sie machte einen so eigenartig tiefen Eindruck auf mich, dass in mir sehr bald der Wunsch aufstieg, eine engere Verbindung mit ihr zu suchen. Dieser Eindruck lässt sich nicht anders verständlich machen, als dass ich auf die Geschichte der Begründung dieses Hauses zurückgehe.

Der Hausherr, aus einer Herrnhuter Familie stammend, hatte als sechzehnjähriger Seminarist in Dresden angefangen einen Taubstummen zu unterrichten. Bald fanden sich noch einige hinzu. Die Regierung gab ihm zwar eine kleine Unterstützung, aber in der Hauptsache war er auf seine Tatkraft und die Mildtätigkeit edler Menschen angewiesen. Nachdem er oft genug mit seinen Zöglingen Hunger und Kummer gelitten hatte, erteilte ihm die Regierung 1837 die Erlaubnis eine Geldsammlung in Sachsen zu veranstalten. Sie ergab 5626 Thaler. Damit kaufte er ein Feldgrundstück und baute ein Haus.

Der Sachsen Taler

Als er mit einigen Kindern eingezogen war, wurde das Bedürfnis nach einer Mutter für sie unabweisbar. In einer vornehmen Familie machte ihn die Französin auf Marie Loewe aufmerksam, die sie in einer Herrnhuter Anstalt als ebenso liebevoll wie verständig und tatkräftig kennen gelernt hatte. Jencke schrieb wirklich an deren Vater, der erster Rat am Kreisgericht zu Neiße war, schilderte seine Lage und brachte sein Anliegen vor. Er wurde aufgefordert sich vorzustellen.

Kreisgerichtsrat Loewe hatte in den Befreiungskriegen dem Lützowschen Korps angehört, er hatte die dritte Kompanie geführt. Doch legte er darauf wenig Wert. Nach seinem Urteil hatte das Korps nichts Erhebliches geleistet und würde vergessen sein, wenn nicht Theodor Körner ihm angehört hätte. Dann war er in die reguläre Armee eingetreten und hatte als Offizier den Feldzug nach Paris mitgemacht. Nach Beendigung desselben widmete er sich der Juristischen Karriere. In Haltung und Kleidung erinnerte er auch später an seine militärische Vergangenheit. Veröffentlicht hat er Blätter der Erinnerung, eine Sammlung von Gedichten, die Religion, Familiensinn, Vaterlandsliebe verherrlichen.

Johann Friedrich Jencke,
Vater von
Clara Agnes Wohlrab

geboren: 27.6.1812
gestorben: 04.8.1893

Für mich war es ein bleibender Segen, dass ich ihn nach meiner Verheiratung in Neiße besuchte und näher kennen lernte. Er brachte durch seinen Glauben und Wandel das Christentum in seltener Weise zur Darstellung. Auf seinem Arbeitstische im Gericht stand das Kreuz. Früh nahm er, wie er sich ausdrückte, eine Messerspitze Thomas a Kempis* zum Frühstück hinzu. In der Gartenwirtschaft, die er abends besuchte, brachte man ihm zum Trunk eine Bibelübersetzung, mit Rücksicht auf den Wirt eine katholische. Am Sonnabend war große Audienz. Da konnte jeder kommen, wer etwas zu klagen hatte. Die Gröschletasche war immer mit Vorrat versehen, wenn er ausging. Der Hilfsbedürftigen nahm er sich über seine Kräfte an.

Seine älteste Tochter Marie verkehrte, seiner Stellung entsprechend, mit Offizieren und Juristen. Sie war 21 Jahre alt, als die seltsame Anfrage Jenckes eintraf. Sie wies sie nicht ab. Als er selbst ankam, machte er in seinem äußeren Auftreten einen überaus bescheidenen Eindruck, aber was er geleistet hatte und was er vorhatte, nahm für ihn ein. Die Verlobung kam zustande.

So wurde denn 1839 der Hausstand auf der Grundlage der christlichen dienenden Liebe gegründet, und Gott hat die Ehe in der Weise gesegnet, dass aus dieser die zärtlichste Gattenliebe erblühte. Als ich in das Haus eintrat, saßen Vater und Mutter mit dem Großvater Jencke und sieben blühenden Kindern am Tisch, von denen das jüngste bald verstarb.

Es ist leicht zu verstehen, dass dieser Familienkreis viel Anziehendes hatte. Er beruhte so sehr, als das möglich ist, auf sich selbst. Das zu genießen, was außerhalb des Hauses liegt, hatte man anfangs kein Geld, später keine Zeit und wenig Verlangen. Und in der Tat, was das Haus bot, war reichlich genug. Dem Hausherrn hatte Gott die Treue im Kleinen, die er in ungewöhnlichem Maße besaß, dadurch gelohnt, dass er zu einem gewissen Wohlstand gelangt war. Doch war er frei von aller Engherzigkeit. Sein Haus übte eine weitgehende Gastfreundschaft, die in echt biblischer Weise nicht auf Gegenseitigkeit beruhte. Herrnhuter kehrten auf längere Zeit ein, alles ernste, aber liebenswürdige Leute, vor allen Lisette Lämmerz, später mit Schuler, dem Direktor der Herrenhuterschule in Berlin, verheiratet. Aus der Stadt selbst fanden sich mit einer gewissen Regelmäßigkeit allein stehende Personen ein, denen in diesem Familienanschluss ihre schönsten Stunden geboten waren, der Privatgelehrte Hartmeier, die Fräulein von Großmann, Baronin le Fort, Frau Fliegner mit ihren Kindern. Der Dichter Otto Ludwig, Professor Geinitz, Dr. Wimmer, Kaufmann Steffen standen dem Hause sehr nahe. Dass literarische Interessen vertreten waren, beweisen die „Freien Gaben für Geist und Gemüt", die Jencke zur Begründung eines Unterstützungsfonds für erwachsene Taubstumme herausgab. Auch die Musik fand liebevolle Pflege.

Die Frau des Hauses war von unerschöpflicher Liebe. Ihr Lieblingsspruch war: „Ihr sind viele Sünden vergeben, denn sie hat viel geliebt". Was ihr zu vergeben war, weiß ich nicht, aber dass sie viel geliebt hat, weiß ich. Wer sie etwa gekränkt hatte, wurde liebevoll wieder empfangen, als ob nichts geschehen wäre. So einfach und anspruchslos sie in ihrem äußeren Auftreten war, so war sie doch eine durchaus vornehme Natur, die alles anmutig zu gestalten wusste, was sie umgab, edel und fein in ihrer herzgewinnenden

0Sprache. Sie war geistig ihrem Vater am meisten verwandt, wie ihr selbst ihre älteste Tochter Clärchen.

Mein Elternhaus war dem Jenckeschen insofern verwandt, als es sein Glück in sich selbst suchte und fand. Kein Wunder also, wenn ich mich in diesem Hause bald heimisch fühlte. Und so führte mich mit der ältesten Tochter desselben im Wesentlichen der Verkehr in der Familie zusammen, vor der Verlobung haben wir nur wenig mit einander gesprochen. Sie erfolgte, als ich an der Kreuzschule angestellt war, am 29. März 1862. Dann flossen die Lippen über von der Aussprache der zurückgehaltenen Gefühle. Die Hochzeit wurde am 9. August 1862 gefeiert.

Clara Agnes Wohlrab
geb. Jencke, Dresden

geboren: 05.12.1841
gestorben: 18.06.1904

Meinem Hausstand war reicher Segen, reiches inneres Glück beschieden. Von 1863 bis 1873, also in zehn Jahren wurden uns sechs Kinder geschenkt. Es war ihnen eine glückliche Kindheit beschieden. Da wir in nächster Nähe der Taubstummenanstalt wohnten, hielten sie sich in dem großen Gartengrundstück derselben und bei den Großeltern fast mehr auf als bei den Eltern. Und die Fürsorge namentlich der Großmama war eine sehr weitgehende.

Wurde uns durch diese enge Verbindung viel Erleichterung der äußeren Sorgen zu teil, so stand doch das zunehmende Wachsen der Familie nicht im richtigen Verhältnis zum Wachsen der Einnahmen, zumal da der Hausstand kaum mit ausreichenden Mitteln begründet worden war. Mein Gehalt hatte nur 600 Thlr. Betragen. Nun rückte ich wohl bald in bessere

Stellen auf, aber ein richtiges Verhältnis zwischen Einnahmen und Ausgaben war damit noch nicht herzustellen. Die Buchhändlerhonorare brachten allerdings von Zeit zu Zeit einen sehr erwünschten Zuschuss, auch Privatstunden ergaben etwas, aber alles das wollte nicht recht ausreichen. Dazu kam, dass meine liebe Hausfrau zwar herrliche Gaben besaß, aber die finanziellen waren, wie sie selbst beklagte, zu kurz gekommen, gerade so wie bei ihrer Mutter und bei ihrem Großvater.

Und so geschah es, dass wir Pensionäre ins Haus nahmen. Der erste war ein Genfer, ihm folgte eine ganze Reihe Genfer nach. Alle waren Söhne guter Familien, trefflich erzogen, uns angenehm. Dann kam eine Anzahl Schweden, Studenten aus Upsala, unter ihnen ein bereits anerkannter Dichter, Östergren mit dem Dichternamen Fjalar, alles prächtige junge Männer, die man lieb haben musste. Als wir eine größere Wohnung bezogen hatten, fanden sich auch Engländer und Pariser ein, vornehme Naturen, die uns ihren Aufenthalt bei uns zur Freude machten. Deutsche waren die letzten, die wir bei uns hatten; sie waren jünger und besuchten Dresdner Schulen. Dazu gesellten sich Österreicher und Ungarn, auch ein in Java geborener.

Es wäre unrichtig und undankbar, wenn ich sagen wollte, dass wir diese Einquartierung einfach als Last empfunden hätten; wir sahen darin recht vielfach eine Erweiterung unseres Gesichtskreises, eine Bereicherung unserer Lebenserfahrung. Auch haben wir Gott zu danken, dass bedenkliche Elemente unserem Hause fern blieben, dass wir an alle Mitbewohner gern zurückdenken können.

Bei der großen Zahl der Pensionäre, die wir hatten, könnte man vermuten, dass sich ein gewisser Reichtum bei uns eingefunden hätte. Das war in der Tat nicht der Fall. Es war der vornehmen Natur meiner Frau nicht möglich, dieses Verhältnis als eine Quelle des Erwerbs zu behandeln, und so hatte es nur den Vorteil, dass wir uns eben durchschlugen und uns und unseren Kindern eine bessere Lebensführung gewähren konnten.

Das zunehmende Pensionat legte den Gedanken nahe, ein Haus zu erwerben. Ich kaufte mit ganz unzureichenden Mitteln eins auf der Feldgasse in der Hoffnung es zu verdienen. Sie erwies sich als trügerisch. Ich war meinem guten Schwiegervater, der mir zu dem Kauf geraten hatte, herzlich dankbar, dass er mir die allzu große Last wieder abnahm.

Gehe ich nun noch zu einigen Erlebnissen über, so war es zunächst ein inneres, das einen nachhaltigen Eindruck auf mich machte. Ich pflegte mein Morgengebet an meinem Schreibpult im Aufblick zu dem Christuskopf von Guido Reni* zu verrichten. Er wurde mir lebendig, mit der Zeit immer lebendiger; ich hatte den Eindruck, als wollte er den Mund öffnen und zu mir sprechen. Das war mir zu überwältigend; ich hing das Bild weg. Später erzählte mir mein Bruder Albert, dem ich nichts davon gesagt hatte, er habe sich die Sixtinische Madonna so gehängt, dass sein Blick darauf fiel, wenn er erwache. Sie sei ihm lebendig geworden und fliege auf ihn zu. Ich teilte ihm mein Erlebnis mit und riet ihm dasselbe zu tun wie ich.

Das Abscheiden dieses Bruders war mir der erste große Schmerz, der mich traf. Er war ein tief ernster, religiöser, geistig und sittlich hochstehender, edler Mensch, mit dem mich die innigste brüderliche Liebe verband. Am liebsten war er da, wo er hilfreich sein konnte. 1866* machte er freiwillig den Feldzug als Arzt mit, kam aber ganz unbefriedigt zurück, weil er sich nicht genügend betätigen konnte. Dann übernahm er einen Cholerabezirk bei Zwickau. Schließlich ließ er sich in unserer Vaterstadt nieder. Wie viel Gutes haben wir nach seinem Tode noch erfahren, das er an Armen getan hatte! Wie herzlich war die Trauer um ihn.

Der deutsch-französische Krieg forderte unsere Teilnahme vielfach heraus. Meine gute Frau war Mitglied des Albertvereins. Infolgedessen fand nicht nur sie, sondern auch ich wenigstens während der großen Ferien Beschäftigung im Prinz-Maxpalais, das damals noch auf der Ostra-Allee stand. Dort hatte die Führsorge für die Verwundeten unter dem Vorsitz der Kronprinzessin Carola ihre Zentralstelle. Unsere nicht erhebliche Beteiligung an den dort geleisteten Arbeiten fand überreiche Anerkennung durch drei Erinnerungskreuze und Medaillen, die jedes von uns erhielt.

Unter den in der Schlacht bei St. Privat Gefallenen war auch mein Schwager Georg, Adjutant bei den ersten Gardegrenadieren. Als er von mir Abschied nahm, sprach er den Wunsch aus: „Wenn mir eine Kugel bestimmt ist, dann gleich eine ordentliche." Sein Oberst hatte ihm gesagt, er habe das Recht abzusitzen. Darauf hatte er geantwortet: „Die Kugel kann mich zu

Fuß ebenso gut treffen wie zu Pferde." Er ritt seinem Bataillon voran und erhielt eine Kugel in den Mund. Als sein Regiment in der Chemnitzer Straße einzog, wurde sein Pferd im Zug mitgeführt. Das Auge der Mutter erkannte es sofort, der Ausdruck ihres Schmerzes war erschütternd. Georg war in seinem Beruf ernst und gewissenhaft, im Leben heiter und sonnig, eine durchaus liebenswürdige Persönlichkeit, die zu den schönsten Hoffnungen berechtigte.

Sein jüngster Bruder Paul war Student, als der Krieg ausbrach. Nach seiner Ausbildung als Soldat wurde er nach Paris nachgeschickt und erwarb sich durch persönliche Tapferkeit die Heinrichsmedaille. Nach dem Kriege nahm er seine Studien wieder auf, war aber so haltlos, dass seine Übersiedlung nach Amerika rätlich erschien. Dort studierte er nach mehrfachen Misserfolgen Medizin, ließ sich in Missouri als Arzt nieder und gründete einen Hausstand. Erst nach dem Tod seiner Eltern kam er zu einem Besuch wieder zurück und zeigte sich uns allen in seiner vollen Liebenswürdigkeit, durch die er uns in seinen guten Zeiten so teuer geworden war. Bald darauf erlag der sehr begabte Mann in seiner Heimat einem Fieber.

Chemnitz

Die Jahre 1877 bis 1884 ✦
Rektorat am Königlichen Gymnasium Chemnitz ✦
Familie des Rechtsanwaltes Enzmann ✦

1877 schied ich aus dem Dienste der Stadt Dresden, die mir Wohlwollen und Förderung in reichem Maße erwiesen hatte und ging in den Dienst des Staates über. Der Minister von Gerber übertrug mir das Rektorat des Königlichen Gymnasiums zu Chemnitz, ich trat es zu Michaelis an. Die Schule war neu gegründet und von meinem Vorgänger Vogel bis Prima ausgebaut worden, hatte auch schon Parallelklassen von Sexta bis Untertertia. Sie erfreute sich in der Industriestadt großen Ansehens, zahlreiche Stiftungen legten davon Zeugnis ab. Der Besuch nahm auch weiterhin derart zu, dass 1883 die Parallelklassen bis Oberprima durchgeführt werden konnten.

Die Zusammensetzung des Lehrerkollegiums war eine sehr günstige. Alle Mitglieder desselben waren ernste Männer, die ihren Stellungen gewachsen waren und es mit ihren Pflichten genau nahmen. Vier von ihnen sind später in Rektorate berufen worden. Ich fand also keine sonderlichen Schwierigkeiten zu überwinden und hatte die Freude, dass man mir bald volles Vertrauen entgegenbrachte, das sich zu herzlicher Teilnahme mit mir und den Meinen steigerte.

Der Schülercoetus war durchaus gutartig und fügsam. Die Disziplin machte auch deshalb keine Schwierigkeit, weil die Lehrer das erforderliche Ansehen besaßen und geltend zu machen wussten. Angenehm empfand ich es, dass die oberen Klassen kleiner waren als in der Kreuzschule und dadurch ein Eingehen auf den einzelnen ermöglichten.

So erfreute sich die Schule unter meinem sechsundeinhalbjährigen Rektorat einer ungestörten, stetigen Entwicklung. Neu war für mich die Beteiligung an den wöchentlichen allgemeinen Morgenandachten. Ich übernahm sie zur Eröffnung der Schule nach den Ferien, auch zur Vorbereitung der Schulkommunionen.
Die Neugestaltung der Stallbaumschen Platoausgabe weiter zu führen war ich dadurch verhindert, dass ich auf Wunsch der Teubnerschen Buchhand-

lung den Phaedo* für den Schulgebrauch bearbeitete. Er erschien 1879. In demselben Jahr veröffentlichte ich vier gemeinverständliche Vorträge über Platos Lehrer und Lehren. Sodann wurde mir die Revision der von Carl Friedrich Hermann besorgten Textausgaben des Plato übertragen, von der 1881 das erste, 1884 das zweite Heft herauskam.

War mein Leben in Dresden auf das beschränkt, was Schule und Haus boten und beanspruchten, so war in Chemnitz die Beteiligung am geselligen Leben nicht mehr zu umgehen, und ich bekenne gern, dass sie für mich ein Gewinn, eine wertvolle Erweiterung meines Gesichtskreises war. Sie brachte mich nicht nur mit den Kreisen der Juristen, sondern auch mit den Großindustriellen in nähere Berührung. Namentlich der Umgang mit diesen war mir sehr lehrreich. Es waren darunter Männer, die nur Elementarbildung hatten, auf die aber Welt und Leben in einer Weise eingewirkt hatten, dass man ihnen mit wohlverdienter Hochachtung begegnete. Ich bin seitdem der Unterscheidung zwischen studierten und unstudierten Leuten entgegengetreten; mancher Unstudierte stand mir höher als mancher Studierter. Auch habe ich nicht die Erfahrung gemacht, dass die Emporgekommenen geldstolz sein müssen. Ich lernte manche kennen, die ungemein liebenswürdig waren. Und vollends die Ehrenerweisungen mit dem Studieren in Verbindung zu bringen erschien mir als die größte Torheit. Es kann sich doch lediglich darum handeln, was jeder aus sich gemacht hat. Soll man das an dem, der den bequemeren Weg des Studiums ging, höher taxieren als an dem, der den schwierigeren Weg durchs Leben einschlagen musste?

Meine häuslichen Verhältnisse gestalteten sich in der schönen Amtswohnung sehr freundlich. Ich war wegen der neuen höheren Aufgabe, die mir gestellt war, nicht ungern von Dresden nach Chemnitz gegangen. Es wurde mir auch wegen seiner schönen Umgebung lieb. Meine Kinder entwickelten sich in den neuen Verhältnissen recht erfreulich. An sich anspruchslos, machten sie doch durch ihr Wachsen größere Ansprüche. Von den geselligen Beziehungen, die wir pflegten, erlangte die zu der Familie der Rechtsanwaltes Enzmann in der Folgezeit eine besondere Wichtigkeit.

Die Zugehörigkeit zum Jenckeschen Haus wurde für mich und die Meinen ein weiterer Segen durch die Verbindungen, welche die Kinder desselben eingingen. In Chemnitz hatten wir sofort Anschluss an die Familie des

Konrektors an der Realschule Pabst, der eine Schwester meiner Frau, Elise Jencke, heimgeführt hatte. Die jüngste Schwester Anna war erst mit dem Rittergutbesitzer Schlösser auf Sarne*, dann mit Major Rosemann verheiratet. Mein Schwager Hanns Jencke* war Vorsitzender der Prokura des Hauses Alfred Krupp. Sowohl in Sarne als auch in Essen fanden wir in den Ferien freundliche Aufnahme, und so genossen wir die Annehmlichkeiten des Landlebens und erhielten einen Einblick in den großartigen Betrieb eines Welthauses.

Dresden-Neustadt

Die Jahre 1884 bis 1906 ✦
Rektorat am Königlichen Gymnasium Dresden ✦
Vorsitzender der Versammlung Philologen und Schulmänner ✦
Abgang vom Amte Michaelis 1906 ✦

Ostern 1884 trat ich das Rektorat des Königlichen Gymnasiums zu Dresden-Neustadt an, vom Minister von Gerber dazu berufen. Auch dieses war neu gegründet und von meinem Vorgänger Ilberg zu einer Doppelanstalt ausgebildet. Die Errichtung von dritten Parallelklassen, die seit 1888 von einer auf drei anstiegen, hatte anfangs nicht sowohl in der gesteigerten Schülerzahl ihren Grund, als vielmehr in der humanen Absicht des Ministeriums, die sehr ungünstigen Anstellungsverhältnisse der Kandidaten zu verbessern. Sie wurden zunächst in den Mittelklassen eingerichtet, stiegen aber bis Oberprima hinauf. Schwierigkeiten machte der Umstand, dass im Schulgebäude nur 15 Klassen vorgesehen waren, nicht 21.

Geheimer Studienrat
Prof. Dr. Ernst Martin Wohlrab

45

Das Lehrerkollegium war ein sehr ausgewähltes; nicht weniger als sieben Rektoren sind aus ihm hervorgegangen. So vertrauensvoll und liebenswürdig man mich aufnahm, so war man doch zunächst mit meiner Auffassung des Rektorates nicht einverstanden; man wünschte Anteil daran zu haben. Diesen glaubte ich im vollsten Maße zu gewähren, indem ich alle Schulangelegenheiten an die Konferenz brachte und unbeschränkte Redefreiheit gewährte. Man wünschte aber Vorbesprechung im engsten Kreis und versprach mir dafür große Erleichterungen in den Konferenzen selbst. Das lehnte ich ab, und so musste man sich schließlich in meine Art die Geschäfte zu behandeln schicken.

Machte mir nun auch die Selbstschätzung einzelner Kollegen mein Amt nicht leichter, so konnte doch darüber kein Zweifel aufkommen, dass ich vor allen Dingen sachlich und gerecht sein wollte. Und diese Anerkennung verschaffte mir mit der Zeit ein immer wachsendes Entgegenkommen. Nie aber hatte ich eine herzliche Teilnahme zu vermissen in allem Schmerzlichen und Freudigen, was mich und meine Familie betraf.

So groß nun auch die Zahl der Schüler und Lehrer wurde – die der Schüler stieg auf 617, die der Lehrer auf 40 – so war ich doch darin glücklich zu preisen, dass mir die Überwachung im Einzelnen keine besondere Sorge machte. Ich konnte mich der Treue und Gewissenhaftigkeit meines Kollegiums versichert halten und deshalb jedem das erhebende und belebende Gefühl der Freiheit im Wirken gönnen, da jeder sich der Verantwortung bewusst war, die er trug. Es war immer meine Überzeugung und Erfahrung, dass das Beste, das der Lehrer leistet, nicht durch Vorschriften und Anweisungen erreicht wird, sondern durch die Persönlichkeit, durch den Anteil, den er an der Sache und den ihm anvertrauten Schülern nimmt. Es genügt, ihn von Verkehrtem abzuhalten. Durch die Achtung und das Vertrauen, das ich meinen Lehrern gezeigt habe, habe ich sie mir mehr verbunden als durch Lob und Tadel.

Im Schülercoetus war im Ganzen ein guter Geist. Nur war das Verbindungswesen nicht ganz erloschen, ich hatte damit noch gründlich aufzuräumen. Doch war bereits das richtige Mittel zur Abschaffung gefunden, die Schülervereine, die unter dem Protektorat von Lehrern in den oberen Klassen bestanden. Das Verhältnis zwischen Lehrern und Schülern war ein durchaus freundliches. Die halbjährigen Abschlüsse waren fast immer befriedigend, günstig auch die Ergebnisse der Reifeprüfungen. Besondere Schwierigkeiten traten nirgends hervor.

In den Einrichtungen wurde wenig geändert. 1886 wurde zum Vormittagsunterricht die fünfte Stunde hinzugenommen und dadurch der Nachmittagsunterricht eingeschränkt. 1896 erfuhr der Turn- und Spielplatz durch Überweisung des fiskalischen, zum ehemaligen Holzhof gehörigen Arealsteifens, der ursprünglich zur Fortsetzung der Melanchthonstraße bestimmt war, eine sehr erhebliche Erweiterung. Seit 1900 wurde am Montag nach dem Totenfeste eine Gedächtnisfeier für die Schüler veranstaltet, die ihr früher angehört hatten und die im Laufe des Jahres verstorben waren.

Der Schule war im Ganzen eine ruhige Entwicklung vergönnt. Die Veränderungen im Unterricht, die Ostern 1892 durch die neue Lehrordnung ins Leben traten, wurden nicht als tief einschneidende empfunden.

Das Jahr 1897 bezeichnet deshalb einen Höhepunkt in meinem Leben, weil ich die Ehre hatte die 44. Versammlung deutscher Philologen und Schulmänner als erster Vorsitzender zu leiten. Die sehr umfänglichen Vorbereitungen derselben fielen mir als Dresdener zu, da der zweite Vorsitzende Geheimer Hofrat Professor Ribbeck in Leipzig wohnte. Der Eröffnung verlieh die Anwesenheit des Königs Albert* und des Prinzen Georg* eine größere Bedeutung. Die von 757 Mitgliedern und Ehrengästen besuchte Versammlung hatte einen sehr befriedigenden Verlauf.

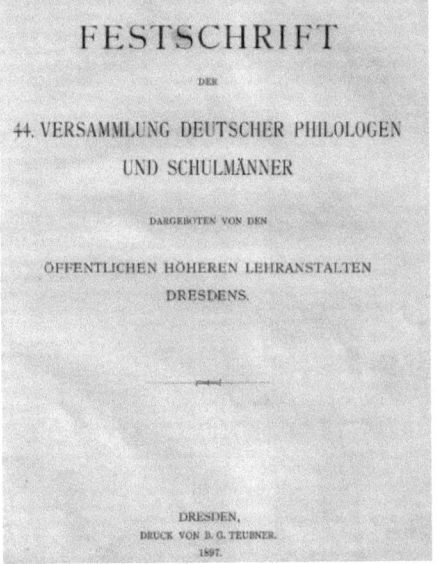

FESTSCHRIFT

DER

44. VERSAMMLUNG DEUTSCHER PHILOLOGEN
UND SCHULMÄNNER

DARGEBOTEN VON DEN

ÖFFENTLICHEN HÖHEREN LEHRANSTALTEN
DRESDENS.

DRESDEN,
DRUCK VON B. G. TEUBNER.
1897.

1898 erhielt die Schule den ehrenvollen Auftrag, unter dem Vorsitze eines Königlichen Kommissars Reifeprüfungen mit Schülerinnen abzuhalten, die in den von Fräulein Dr. Windscheid geleiteten Gymnasialkursen in Leipzig vorgebildet waren. Das ergab neue Eindrücke und Einblicke in die Bildungsfähigkeit des weiblichen Geschlechts, die recht günstig ausfielen, aber wegen der sehr geringen Zahl der zu Prüfenden weitergehende allgemeingültige Schlüsse doch nicht gestatten. Ich selbst hatte das Deutsche übernommen. Bis 1905 wurden elf Prüfungen abgehalten. Sie hörten deshalb auf, weil das Windscheidsche Gymnasium in ein Realgymnasium umgewandelt wurde.

Einen Höhepunkt im Leben der Schule bezeichnete das Jubiläum ihres fünfundzwanzigjährigen Bestehens, das auf den 27. April 1899 fiel. Als Vorfeier wurden den derzeitigen Schülern und geladenen Gästen zwei Aufführungen des König Ödipus geboten. Die dritte fand am Jubiläumstag selbst statt, der ganz den ehemaligen Lehrern und Schülern gehörte. Die Lehrer waren vollzählig, die Schüler sehr zahlreich erschienen. Die Schüler bekundeten ihre Pietät durch ein mit den Bildnissen der Rektoren geschmücktes Album der Lehrer und Schüler und durch Errichtung einer Ilberg-Wohlrab-Stiftung zum Besten der Witwen und Waisen des Lehrerkollegs.

40 jähriger Hochzeitstag,
am 9.08.1902 in Heiligendamm.
Mit ihrem Erstgeborenen Hans.
Vier Jahre später trat mein
Urgroßvater seinen Ruhestand an.

Meinen Abgang vom Amte habe ich niemals von dem Eintritt der mir erreichbaren höchsten Pension abhängig machen wollen, sondern nur von der Frage, ob das Maß der mir verliehenen Kräfte für meinen Dienst noch ausreichend sei. Michaelis*(29. September) 1906 schien mir der richtige Zeit-punkt gekommen zu sein. In dieser Annahme bestärkte mich ein in dieser Zeit auftretendes Übel, das mich noch die letzte Zeit von der Schule fern hielt und nicht wieder losgelassen hat. So war ich 45 Jahre im öffentlichen Dienst, mehr als drei Jahre im privaten.

Es ist mir nie ein Zweifel darüber beigegangen, dass der Lehrerberuf die mir von Gottes gnädigem Willen zugewiesene Lebensaufgabe sei. Er ent-sprach am besten meiner geistigen Ausstattung und den Bedürfnissen mei-nes Herzens, und so wurde er mir die Quelle der innersten Befriedigung, sowie sie einem unvollkommenen Menschen zuteilwerden kann, die Quelle des mir erreichbaren höchsten Glückes.

Die Schriftstellerei

Die Jahre 1884 bis 1906 ✦
Platons Phaedon ✦
Altklassische Realien für das Gymnasium ✦

In Dresden kamen zunächst meine Arbeiten am Plato zu einem gewissen Abschluss. Von der Textausgabe konnte nur noch das erste Heft des zweiten Bandes erscheinen, da mich eine 1894 auftretende, durch Überanstrengung verursachte Nervenkrankheit mahnte mit meinen Kräften sparsamer umzugehen und von Fortsetzung abzusehen, die ich nicht in der von der Buchhandlung gewünschten Schnelligkeit liefern konnte. Im Zusammenhang mit der Arbeit am Texte war 1887 die Abhandlung über die Platohandschriften und ihre gegenseitigen Beziehungen entstanden, die diese sehr verwickelte Frage zum Abschluss brachte.

Eine große Freude war es mir, dass 1891 meine erste selbständige Platoausgabe, die des Theätet, eine zweite Auflage erlebte, da ich in ihr die von mir aufgestellten Prinzipien für die Textkritik durchführen konnte. Sie ist vielleicht das einzige lateinisch geschriebene Buch, das in unserer Zeit eine zweite Auflage erlebt hat. 1893 gab ich noch das erste Buch des Staates für den Schulgebrauch heraus. Dann begnügte ich mich damit, von den bereits erschienenen Ausgaben für den Schulzweck die neuen Auflagen zu besorgen, von denen Euthyphro und Phädo bis jetzt die vierte erlebt haben.

Bald nach meiner Übersiedelung nach Dresden brachte ich einen dramatischen Versuch zum Abschluss, der mich lange beschäftigt hatte. Als ich noch an der Kreuzschule war, hatte mich 1873 eine Ausstellung der Schwindschen* Melusine dazu begeistert. Das Stück erschien 1885.

Aus den Bedürfnissen der Schule heraus erwuchsen 1889 die „Altklassischen Realien für das Gymnasium". Sie boten die erste Zusammenstellung von dem, was der Gymnasiast aus der griechischen und römischen Literatur und Altertumswissenschaft zu wissen hat. Trotz der mehrfachen Konkurrenz, die ihnen erstand, behaupteten sie das Feld. Sie haben die 8. Auflage erlebt und waren die einzige Arbeit, die sich rentabel erwies.

1891 übernahm ich den deutschen Unterricht in Oberprima, in dem mir die Erklärung klassischer deutscher und Shakespearischer Stücke oblag.
Ich ging sofort darauf aus, sie als einheitliche Kunstwerke verständlich zu machen. So entstanden seit 1901 meine Ästhetischen Erklärungen von Shakespeares Hamlet und Coriolan, von Goethes Iphigenie, von Sophokles Antigone und König Ödipus. Da man hinter ästhetisch Dilettantismus witterte, ein Verdacht, gegen den ich durch meine wissenschaftlichen Arbeiten geschützt zu sein glaubte, fand sich nicht gleich ein Verleger. Erst Ehlermann übernahm das Risiko und zwar, wie sich herausstellte, nicht zu seinem Schaden.

Die Häuslichkeit

Die Jahre 1884 bis 1906 ✦
Schwiegervater Johann Friedrich Jencke ✦
Sechzigjährige Leitung des Taubstummenwesens ✦
Sohn Hanns Jenckes Stellung bei Alfred Krupp ✦
Söhne und Töchter ✦
Tod der Ehefrau Clara Agnes geb. Jencke ✦

Als ich in Dresden wieder Wohnung nahm, war das Haus meines lieben Schwiegervaters (Johann Friedrich Jencke) vereinsamt. 1882 war ihm die treue Lebensgefährtin, die hingebende Förderin seiner Lebensarbeit durch den Tod entrissen, ihren Kindern das Vorbild hilfreicher Christenliebe. Die Lücke suchte eine Verwandte, Hedwig Schneider, nach Kräften auszufüllen.

1888 konnte mein Schwiegervater auf eine sechzigjährige Leitung des Dresdner Taubstummenwesens zurückblicken. 1838 hatte er die jetzige Anstalt erbaut, 1878 erweitert. 1839 hatte er ein Asyl für erwachsene taubstumme Mädchen gegründet, 1872 eine Filialanstalt für kränkliche und schwachbegabte Taubstumme in Plauen. Dazu kam noch eine Vorschule für jüngere Taubstumme. Seit 1851 sammelte er Geldmittel zur Unterstützung erwachsener Taubstummen, die zu einem Legat von über 100.000 Mark angestiegen sind. Nachdem er so in unermüdlicher und umsichtigster Weise für seine Zöglinge gesorgt hatte, zog er sich in das Privatleben zurück. Er verstarb 1893.

Nach seinem Tode fanden sich drei seiner Kinder in Dresden und in der Loschwitz ein. Rosemanns ließen sich in Kötzschenbroda bei Dresden nieder. Dann gab sein ältester Sohn Hanns Jencke seine leitende Stellung bei Krupp auf und siedelte nach Dresden über. Ihm folgten Pabsts, die sich in Serkowitz ankauften. So konnten die durch die Zugehörigkeit zum Jenckeschen Hause Verbundenen noch einige Zeit zusammenleben.

Was unser Familienleben betrifft, so erfuhr es dadurch eine ungesuchte Erweiterung, dass wir von unserem Vorgänger Ilberg eine Anzahl Pensionäre übernahmen, die das Neustädter Gymnasium besuchten. Das Heranwachsen unserer Kinder, das akademische Studium unserer Söhne, die ersten Jahre ihres Amtierens machten uns einen Zuschuss zum Gehalt sehr erwünscht.

Die Urgroßeltern mit ihren sechs Kindern

von links: Hedwig, Paul, die Eltern, Frieda, Hans
vor dem Tisch: Georg und Karl

<u>Hans</u> Friedrich Karl,
der Älteste, ist mein Großvater

geboren: 02.06.1863
gestorben: 22.12.1929

Im Finanzministerium bekleidete er das Amt eines Ministerialrats und später das des Geheimrates

Student in Bonn

BONN.

Hedwig
Frühzeitig gestorben
geboren: 1864
gestorben: 16.02.1891

Paul
war einer der ersten Missionare in Tansania
geboren: 05.02.1866
gestorben: 18.02.1949

Frieda
verheiratet mit Emil Mücklich
geboren: 26.08.1868
gestorben: 1947

Georg
Amtsgerichtsdirektor, unverheiratet
geboren: 05.10.1871
gestorben: Sept. 1947

Georg Wohlrab

Karl (Karly)
Kunstmaler, lebte in Lugano
geboren: 17.06.1873
gestorben: 1959
                    in Lugano

Bild von Karl Wohlrab: Dresdner Zwinger Wallpavillon

Die Söhne entwuchsen nach und nach den Mittel- und Hochschulen und damit der andauernden Teilnahme am häuslichen Leben. Die beiden Juristen, Hans und Georg, konnten unter günstigen Bedingungen ihre Laufbahn antreten. Sie waren meist in Dresden beschäftigt und traten zeitweilig ins Elternhaus wieder ein. Der jüngste Sohn Karl war Maler geworden und lebte am längsten bei uns.

1889 erreichte unser noch vollzähliger Familienkreis durch die Verheiratung unserer Tochter Frieda seinen größten Umfang, er stieg auf neun Personen. Unser Schwiegersohn Emil Mücklich machte sofort den Eindruck eines zu uns Gehörigen. Da er Landgerichtsrat in Chemnitz war, schied unsere Tochter nicht nur aus dem Elternhaus aus, sondern auch aus Dresden. Doch war uns eine ungetrübte Freude an ihrem Familienglück vergönnt.

Schwerer wurde uns der Abschied von unserm Sohn Paul, der Theologie studiert hatte. Er wurde an seinem 25. Geburtstag, am 5. Februar 1891, mit seinem Freunde Johanssen in Berlin abgeordnet, als Missionar nach Usambara zu gehen, wo er die Station Hohenfriedberg gründete und eine ihn sehr befriedigende Wirksamkeit entfaltete.

Der Februar des Jahres 1891 wurde für uns dadurch noch ereignisvoll, dass uns am 14. das erste Enkelkind Mariechen geboren, am 16. unsere älteste Tochter Hedwig durch den Tod entrissen wurde. Sie war immer von zarter Gesundheit gewesen, schien sich aber in letzten Zeiten gekräftigt zu haben. Geistig war sie hoch entwickelt. Ihre echte weibliche Natur trat in ihrem sicheren Gefühlsleben, in der Art, wie sie sich gab und alles um sich gestaltete, in die Erscheinung. Eine mit so reichlicher Liebenswürdigkeit ausgestattete Tochter im Hause missen, dem sie 27 Jahre angehörte hatte, war eine Entbehrung, an die man sich sehr langsam gewöhnte. Sie schied mit vollem Bewusstsein und mit einer christlichen Ergebung, die den tiefsten Eindruck hinterließ.

von links: Georg (Amtsgerichtsdirektor), Emil Mücklich (Landgerichtsdirektor)
mit Frieda und Töchtern Käte und Maria (gen. Mausi)
Eltern: Clara und Ernst Martin Wohlrab, Hans
Gret geb. Kawerau mit Paul (Missionar) und Karl der Kunstmaler

Bald gingen auch meine Eltern zu ihrer Ruhe ein, mein guter Vater 1894,
87 Jahre alt und meine liebe Mutter 1899, 86 Jahre alt. Nachdem mein
Vater seine Geschäfte niedergelegt hatte, verließ er das Stammhaus und
bezog ein kleineres Haus in der Nähe des Marktes. In dieses nahm er auch
meine Schwester Marie auf, nachdem sie sich mit Clemens Dörfelt verheiratet hatte. Als sich dieser aber ein eigenes Haus seiner Fabrik gegenüber
erbaut hatte, folgten ihm meine Eltern in dasselbe. Dort hat sich mein
unermüdlicher Vater in der Fabrik von Clemens noch nützlich zu machen
gesucht, solange es möglich war. Sein Ende war dadurch ergreifend, dass
seine Kräfte noch aushielten, bis meine herbeigerufene Mutter kam und an
seinem Bette kniend betete. Die letzten Jahre meiner Mutter waren durch
Krankheit und Schwäche sehr getrübt und machten große Ansprüche an
ihre treue Pflegerin, an meine aufopfernde Schwester Marie.

Der Umstand, dass die Dörfeltsche Familie seit ihrem Bestehen mit meinen Eltern bis zu deren Abscheiden zusammen wohnte, gab uns das Gefühl, in ihr die Fortsetzung meines Elternhauses zu sehen. Nur mit meiner

Schwester und ihrem Manne war ja eine Aussprache über die vergangenen Zeiten möglich, und so habe ich und die Meinen es immer mit herzlichem Danke begrüßt, wenn sie uns in ihr gastliches Haus Aufnahme gewährten und zwar auch dann noch, als sie nach Waldkirchen übergesiedelt waren.

Das Glück Eltern zu haben hat uns Gottes Güte immerhin lange vergönnt. Ich habe es jederzeit schmerzlich empfunden, dass ich den meinen so wenig sein konnte. Diesen Verlusten gegenüber schafften die Verbindungen einen Ausgleich, die zwei meiner Söhne durch ihre Verheiratung eingingen. Paul kam aus Afrika und fand 1896 in Grete Kawerau die Gefährtin und Helferin, die er für sein Leben und seinen Beruf suchte.

Schon im folgenden Jahr gewann Hans (mein Großvater), der von der Justiz in das Finanzministerium übergegangen war, in Leni Enzmann die Gattin, die er sich wünschte. Beide Ehen waren ebenso wie die erste mit Kindern gesegnet. Dazu kam, dass Emil Mücklich 1900 als Landgerichtsdirektor nach Dresden versetzt wurde. Neues Leben erblühte also um uns alternde Eltern, und das empfand niemand dankbarer als die glückliche Großmama.

Eine große Freude war es uns auch, dass die beiden jüngsten Söhne in Dresden ihren Wohnsitz haben konnten. Georg erlangte bald die Stellung eines Amtsrichters, Karl erhielt als Maler Beschäftigung.

Diese glücklichen Verhältnisse erlitten durch die zunehmende Kränklichkeit meiner lieben Frau eine andauernde Trübung. Sie war umso bedauerlicher, als sich durch die Hinterlassenschaft meines Schwiegervaters und meiner Eltern unsere äußere Lage insoweit verbessert hatte, dass wir mit der treuen Begleiterin unserer früheren Lebenstage, mit der Sorge, nicht mehr zu kämpfen hatten.

Die stillen Zeiten, die uns Eltern nach dem Austritt der Kinder aus unserer Häuslichkeit, aber doch in ihrer nächsten Nähe beschieden waren, fanden mit dem Abscheiden meiner guten Frau ihren Abschluss. Sie litt viel und in immer zunehmendem Maße an einer inneren Unruhe, die in ihrem Pulse, der wenigstens in den letzten Jahren nie unter 100 war, ihren körperlichen Ausdruck und ihre Erklärung fand. Da er in Meran kurz vor ihrem Ende infolge einer Lungenentzündung bis auf 160 stieg, wurden die Adern durch den raschen Blutlauf so durchscheuert, dass die Schlagader am Herzen platzte und in einer Minute den Tod herbeiführte. Sie war darauf vollkommen vorbereitet, ja sie hatte, der Unruhe müde, ihn ersehnt. Auch dass er schnell eintreten werde, hatte sie vorausgesagt.

Was sie mir war, ist schwer in Worten zu sagen. Sie hatte eine ungewöhnlich reiche Begabung, erfasste alles leicht und sicher. Auch was ihrem Gesichtskreis fern lag, ahnte sie wenigstens mit großer Sicherheit. Als sie das Manuscript meiner Erklärung der Antigone gelesen hatte sagte sie mir: „Lass es noch nicht drucken, Du kannst es noch besser machen". Ich folgte ihr und widmete ihr zum Dank für ihren Rat dieses Buch. Ihr Urteil war mir jederzeit wertvoll.

Lebhaft und klar wie ihr Geist war ihr Gefühl; sie äußerte es mit einer Entschiedenheit, die schwer zu ermäßigen war und zuweilen auch verletzen konnte. Aber die Grundlage ihres Fühlens war ein unbegrenztes Liebesbedürfnis. Nicht mit Unrecht sagte man von ihr, sie habe jeden darauf angesehen, was sie ihm Liebes antun könne. In ihren Liebeserweisungen ging sie oft genug übe die Grenzen hinaus, die ihre Mittel ihr setzten.

Unerschütterlich fest stand ihr religiöser Glaube, der keinen Buchstaben des Bekenntnisses aufgab. Er bildete den festen Boden, auf dem ihr Fuß wandelte. Ein köstliches Erbstück ist mir ihr Gesangbuch, das in den letzten Jahren nie von ihrer Seite wich; in ihm hat sie alle Lieder und Verse angestrichen, die ihr besonders lieb waren. Sie bereiten fast alle auf das Sterben vor. Dieses Gesangbuch begleitet mich in jeden Gottesdienst.

Es war eine gnädige Fügung Gottes, dass in ihren letzten Zeiten Paul mit Frau und Kindern zu einem Erholungsaufenthalt in Großlichterfelde sein konnte, dass sie zu ihren hiesigen Kindern und Enkeln auch ihre Afrikaner hatte. Paul sprach Abschiedsworte an ihrem Sarg.

Nach ihrem Abscheiden war es in meiner großen Amtswohnung sehr still geworden. Ich hielt noch zwei Jahre in den von ihr geordneten häuslichen Verhältnissen aus. Dann verließ ich sie mit Dank für alles Gute, was mir geworden war und suchte einen Alterssitz in der Nähe meiner Kinder.

Dresden–Striesen

Die Jahre 1906 bis 1913 ✦
Umzug nach Striesen ✦
Das Erlöschen der Jenckeschen Familie ✦
Meine Liebhaberei, die Schriftstellerei ✦
✦

Im Juli 1906 siedelte ich nach Striesen in eine mir sehr zusagende, sonnige, still gelegene Wohnung über. Sie war so geräumig, dass ich einen großen Teil meiner Einrichtung in sie aufnehmen konnte, auch für Gäste ein Zimmer frei hatte. Einen großen Teil meiner Bücher hatte ich vorher verkauft.

Den Ausschlag für die Wahl dieser Wohnung hatte der Umstand gegeben, dass sie mir ein intimeres Zusammenleben mit meinen hiesigen Kindern und Kindeskindern ermöglichte und dadurch das Gefühl der Vereinsamung weniger aufkommen ließ. Auch sind die afrikanischen Enkel und Kinder, wenn sie mich besuchen, gleich mitten im Familienkreis.

Die sechs Geschwister:
von Links: Georg, Karl,
Hedwig früh verstorben,
Hans, Paul und Frieda

Was ich hier zunächst erlebte war das Erlöschen der Jenckeschen Familie. Erst starb mein Schwager Pabst nach langen, schweren Leiden, 1910 mein Schwager Hanns, im nächsten Jahre seine beiden Schwestern Anna und Elise.

Ich selbst, mir völlig überlassen, konnte mich nun meiner alten Liebhaberei, der Schriftstellerei, ganz hingeben. Sie gewährte mir dadurch Befriedigung, dass ich damit nützen zu können glaubte. In dieser Annahme bestärkte mich der Umstand, dass die meisten meiner Bücher neue Auflagen erlebten. Zunächst gab ich für Ehlermanns deutsche Schulausgaben die Übersetzung des König Ödipus und Goethes Tasso heraus, sodann fügte ich zu den bisher erschienenen ästhetischen Erklärungen die des Macbeth und des König Lear hinzu.

Ein neues Gebiet zu betreten gaben mir die Vorträge eines früheren Schülers Anlass, der allerdings die Religion auf das Gefühl zurückführte, sie aber dann mit dem Verstande bearbeitete, was Zeug hielt. Dieser wunderliche Zwiespalt drängte mir die Frage auf, was der Verstand mit der Religion zu tun hat. Sie war nur dadurch zu beantworten, dass ich das Verhältnis zwischen Psychologie und Religion zu meinem Studium machte. So kam ich auf die Wundtsche* Psychologie und Philosophie, so entstand meine Schrift über „*Das neutestamentliche Christentum auf psychologischer Grundlage*". Kein theologischer Verlag wollte sie übernehmen. Dankend begrüßte ich es, dass L. Ehlermann 1911 sich des Buches annahm. Es fand zwar wohlwollende Aufnahme, aber niemand ging auf die Sache ein. Dadurch fühlte ich mich veranlasst eine zweite Schrift zu veröffentlichen, in der die Wundtsche Psychologie und ihr prinzipielles Verständnis zur Religion und daran anknüpfend „*Die neutestamentliche Glaubenslehre*" behandelt wird.

Diese neue Wendung nahmen meine Studien nicht zufällig. Sie waren bisher der Erklärung klassischer Schriftstücke gewidmet. Schon seit langer Zeit war aber in mir der Wunsch aufgestiegen, sie dem tieferen Verständnis der neutestamentlichen Schriften zuzuwenden. Gleich nach dem Ausscheiden aus meinem Amte begann ich damit; das Erscheinen der Vorträge eines früheren Schülers gab dieser Beschäftigung nur eine bestimmte Richtung.

Der letzte Grund, warum ich das Neue Testament zu meiner Hauptbeschäftigung machte, lag in dem persönlichen Bedürfnis meine Stellung zu ihm klar zu machen. Wenn ich die Ergebnisse derselben veröffentlichte, so bestimmte mich dazu die Hoffnung, auch andern neue Anregungen zu geben, zu denen ich gelangt zu sein glaubte, indem ich nicht die breit getretene Straße der Theologen ging, sondern in das alte Gebiet den Weg der Philologen und Psychologen einschlug.

Und so darf ich wohl des Glaubens leben, dass meine Absicht den Zugang nach dem Gottesreiche zu ebnen, löblich war. Ob und inwieweit er Berechtigung hat, wird die Zukunft lehren. Auf jeden Fall bleibt, was von meinem Leben noch übrig ist, dem Dienste des gnädigen Gottes geweiht, der mich durch dieses Erdenleben so gütig geführt hat, in dessen Hände ich meinen Geist befehle, wenn ich abscheide.

Die Lebenserinnerungen hat mein Urgroßvater im Sommer 1911 geschrieben. In seinen letzten Worten scheint er das Ende schon zu spüren. Nicht einmal zwei Jahre später ist er gestorben.

Ernst <u>Martin</u> Wohlrab
Geh. Studienrat, Professor Dr.

geboren: 25.10.1834
gestorben: 30.05.1913

Zusätze

Meine Vorfahren ✢
17. bis 19. Jahrhundert ✢

Nach dem Zunftbuch der Gerber und Riemer, das im städtischen Museum zu Reichenbach aufbewahrt wird, hat Johann Wohlrab aus Auerbach am 18. August 1681 in Reichenbach das Meisterrecht erworben.

Bis auf diesen Zeitpunkt lässt sich die Geschichte meiner Familie aufgrund des Reichenbacher Kirchenbuches zurückführen. Das Kirchenbuch von Auerbach versagt deshalb, weil es nur bis 1725 zurückreicht.

In ihren neuen Wohnsitz hat meine Familie Johann, auch Hans genannt, übergeführt, der Sohn des Loh- Rot- und Sämischgerbers und Stadtrates Johann in Auerbach, 1652 daselbst geboren.

Loh- Rot- und Sämischgerber waren alle seine Nachkommen bis auf meinen Vater und meine Brüder Traugott und Edmund. Doch weisen die Gebäude des Stammhauses daraufhin, dass seine Bewohner jederzeit außer der Gerberei auch die Landwirtschaft betrieben.

Hans verheiratete sich 1684 mit Dorothea Zahn, Tochter eines Gerbers in Mittweida und starb am 24. Dezember 1724. Er hatte zehn Kinder. Das Stammhaus ging auf das vierte, David, über. Der erste Sohn war jung verstorben, das zweite und dritte Kind waren Töchter.

David, den 26. Dezember 1691 geboren, verheiratete sich 1721 mit der Tochter des Handelsmannes und Gemeindevorstehers Lohmann, Christiane, und hatte sieben Kinder. Er starb 1755. Infolge des frühzeitigen Todes seiner drei ältesten Kinder folgte ihm nach sein viertes, Johann Gottfried, am 22. September 1732 geboren, am 29. Juli 1785 verstorben. Aus seiner ersten Ehe, die er 1754 mit Johanna Sophie Wolf, Tochter des Eigentumsmüllers Wolf einging, stammte nur eine Tochter, die als Kind ertrank. 1757 nahm er die Tochter des Zinngießers Rösch, Johanna Marie, zur Frau, die ihm sieben Kinder schenkte. Das erste war eine Tochter, das zweite sein Nachfolger Gottfried, am 8. Februar 1761 geboren. Er war wie sein Vater Gemeindevorsteher. 1796 verheiratete er sich mit der Tochter des kunsterfahrenen Papiermachers Meyer in Weißensand, Christiane Sophie. Von seinen neun Kindern war mein Vater Ernst Gottlob das achte. Dieser erhielt wahrscheinlich deshalb das Stammhaus, weil er eher heiratete als sein älterer Bruder Christian. Die anderen Geschwister waren Töchter oder jung verstorben. Gottfried starb den 17. Mai 1843.

Mein Vater ist am 22. Januar 1807 geboren und am 19. Mai 1893 verstorben. Meine Brüder Traugott und Edmund betrieben die Gerberei eine Zeitlang, gingen aber zur Landwirtschaft, Traugott zuletzt zur Agentur über. Der bisherige Betrieb der Gerberei war deshalb nicht mehr lohnend, weil er fabrikmäßig wurde.

Grabrede am Sarg des
Geheimen Studienrates Prof. Dr. Wohlrab

Rede über Jeremia 29 Verse 13 und 14✝

In deine Hände befehle ich meinen Geist. Du hast mich erlöst, Herr, du treuer Gott. Friede sei mit euch. In dem Herren, geliebte Trauergemeinde!

In diesen Tagen, da die Sonne am Höchsten steht, hat sich die Lebenssonne eures geliebten Vaters und Großvaters und Freundes rasch dem Untergang zugeneigt. Sie schien sich in finsterem, gewitterschweren Gewölk verbergen zu wollen. Aber die Strahlen der einen ewigen Sonne, in deren Licht sein ganzes Leben gestanden, sind doch siegreich wieder durchgebrochen, haben ihm Herz und Gemüt erhellt und sein Ende verklärt. Als er auf seinem Schmerzenslager nach dem unter furchtbaren Qualen überstandenen Eingriff sinnend und betend lag, sagte er zu der bei ihm wachenden Krankenschwester: „Das hat mir jetzt der Herr geschenkt."

Und was der Herr dem schwer Leidenden, dem hart Geprüften geschenkt hatte, das war der Spruch durch den Mund des Propheten Jeremia, der ihm klar und mächtig durch die Seele zog: „Ihr werdet mich suchen und finden, denn so ihr mich von ganzem Herzen suchen werdet, so will ich mich von euch finden lassen, spricht der Herr" Jer. 29, 13-14.

Die wir hier an seinem Sarge stehen in herzlicher Trauer: Kinder und Enkelkinder, denen das ehrwürdige, vielgeliebte Haupt des Hauses zum letzten Schlummer sich geneigt, alte, bewährte Freunde und fröhlich aufstrebende Jugend, Genossen des Amts und der Gesinnung, leibliche und Geistesverwandte, wir wollen dies herrliche Gotteswort, diese starke, feste Zusage des gnadenreichen Gottes uns Licht und Kraft und Trost sein lassen in dieser ernsten Stunde, da wir das Gedächtnis des treuen Vollendeten christlich begehen. In Gott, Geliebter!

Sein reichgesegnetes Leben, das nun abgeschlossen vor uns liegt, war nicht nur Mühe und Arbeit in rastlosem Fleiß und unermüdlicher Pflichterfüllung, sein ganzes Leben war ein Suchen im rechten Sinne. Er gehörte nicht zu denen, die gern als Suchende sich ansprechen lassen, aber nie den Mut finden, die Wahrheit zu erfassen, das ewige Leben zu ergreifen, die „lernen immerdar und können nimmer zur Erkenntnis der Wahrheit kommen."

Sein ganzes Leben war ein Suchen, darum war er bescheiden und blieb allezeit demütig, aber er suchte von ganzem Herzen, darum wurde er ernst und fest und zuversichtlich, ein Mann des endlichen Glaubens. Segensspuren bezeichnen seinen Lebensweg, seine Laufbahn als Konrektor der Kreuzschule, als Rektor in Chemnitz, als Rektor des Königlichen Gymnasiums in Dresden-Neustadt. Worte vermögen es nicht zu umspannen, was er so vielen gewesen ist als aufrichtiger, lauterer Freund, als zuverlässiger Führer auf dem guten Wege, als gewissenhafter Erzieher und seelsorgerlicher Förderer für das höchste Ziel. Ein tüchtiger Schulmann ist er gewesen und ein überzeugter Kirchenmann, der der Gemeinde derer, die an den Heiland glauben, innerlich sich zugetan wusste, ein feiner Humanist und ein Herzenstheologe, der den Eifer seiner wissenschaftlichen Forschung den Werken des göttlichen Plato gewidmet hat, dem Weisen der wunderbaren Ahnungen und der lichtvollen Erkenntnisse, und der beim Eintritt in den Ruhestand sprach:
„Mein Leben soll nun nur noch dem Evangelium gehören."
Und wie er dann seinen selbst geschriebenen Lebenslauf mit den Worten abschließt:
„Auf jeden Fall bleibt, was von meinem Leben noch übrig ist, dem Dienste des gnädigen Gottes geweiht, der mich durch dieses Erdenleben so gütig geführt hat, in dessen Hände ich meinen Geist befehle, wenn ich abscheide."

Du lieber Schulchor! Du ahnst es nicht, wie du uns ans Herz gegriffen hast mit deinem Gesang, dem uralten, tieferschütternden Ecce quomodo moritur iustus! Du hast nachgesungen einem Manne, der ein Gerechter war, gerecht gegen die Seinen und gegen alle, der in Gottes Wort lebte, in Gottes Wegen ging, der bestand in Gerechtigkeit, die vor Gott gilt, in der Gerechtigkeit durch den Glauben allein.

Die richtig vor ihm gewandelt haben, kommen zum Frieden und ruhen in ihren Kammern.

Er wird sich auch von euch finden lassen, ihr lieben Hinterbliebenen, wenn ihr ihn von ganzem Herzen in eurem Schmerz über den Heimgang eures lieben Vaters und Großvaters suchen werdet. Betend, dankend, liebend hoffend steht ihr an diesem Sarge vor dem Angesicht Gottes, der die Liebe ist, im Geben und im Nehmen. Gottes Güte und Freundlichkeit könnt ihr erkennen und finden in all den Wohltaten und Segnungen, mit denen er dies liebe, reiche Leben geschmückt und gekrönt. Wie euer Vater aus einem alten gottesfürchtigen Hause treuer deutscher Sitte entwachsen ist, so hat er sich seine Gattin aus dem edlen Hause voll Frömmigkeit und Menschenliebe genommen. Und in seinem Hause, wie hat er sein Bestes und Schönstes da entfaltet, seine gerechte Liebe, und seine auf innigem Gottvertrauen ruhende Heiterkeit, und als seltenes Geschenk durftet ihr gewiss sein seiner geistigen Frische und ungetrübten Klarheit bis zuletzt, dass sichs erfüllt:

Die Gnade des Herren wachet von Ewigkeit über die, so ihn fürchten, und Seine Gerechtigkeit auf Kindeskindern bei denen, die Seinen Bund halten und gedenken an Seine Gebote, dass sie darnach tun. Haltet treu zusammen im Sinne eures guten Vaters und Großvaters, ihr vier Söhne mit der lieben Tochter. Seinen 50. Geburtstag begeht heute euer ältester Bruder am Sarge des Vaters, und ist doch mit euch Geschwistern einig in dem Danke für das schönste Lebensgeschenk: dass ihr solchen Vater gehabt.

Und euer Bruder, der aus der Ferne gekommen, dem Vater die letzte große Freude bereiten durfte, ihn noch einmal zu sehen, und ihr dankts hier auch dem Bruder, der mit seiner Kunst euch die Bilder eurer Eltern so lebensvoll und wunderschön vor Augen gemalt hat, dass ihr dessen gewiss seid: Ihr Bild bleibt unauslöschlich in unserem Herzen. Ihr elf Enkel! Haltet das geistige Erbe eures Großvaters hoch, er hat euch alle herzlich lieb gehabt und für euch gebetet, für die liebe Enkelin, die ihm so oft die schwachen Augen ersetzen durfte, für euch alle! Folgt eurem Glauben nach, der fröhlich leben lässt und selig sterben!

Nun zieht er hin zur stillen Ruhestätte, wo so viele eurer Lieben schon in Frieden schlafen! Wir alle aber rufens ihm in Trennungswehmut und in Wiedersehenshoffnung nach: Das Gedächtnis dieses Gerechten bleibt ein Segen.

Ihr werdet mich suchen und finden – klingt über diesem Sarg uns ins Herz der Gottesspruch. Gefunden – wir nehmens in guter Zuversicht. Er hat den Eingang in die himmlische Heimat gefunden, gefunden die Pforte des ewigen Vaterhauses – nun nicht mehr Gast und Fremdling, sondern Hausgenosse Gottes mit allen Heiligen.

Er ist heimgekommen, selig heimgekommen! Amen.

Nachruf zum Lebensweg von Ernst Martin Wohlrab

Gehalten am Grab vor den Schülern des Gymnasiums ✟

Liebe Schüler!
Heute in der Mittagsstunde soll der teure Mann zur letzten Ruhe bestattet werden, der nach dem ersten Rektor Ilberg zweiundzwanzig und ein halb Jahre lang das Oberhaupt unserer Schule gewesen ist. Nur die beiden ältesten Jahrgänge unter euch sind von ihm noch in das Gymnasium aufgenommen und haben kurze Zeit noch unter seiner Leitung gestanden. Aber unsere Schule, der er den größten Teil seiner Lebensarbeit gewidmet hat, schuldet ihm so viel, dass es Pflicht der Dankbarkeit ist, hier in dieser Morgenstunde heute seiner Ehre zu gedenken

Ernst Martin Wohlrab wurde am 25. Oktober 1834 zu Reichenbach im Vogtland geboren. Frohe Jahre der Kindheit verlebte er bis zum 14. Lebensjahr in seiner Vaterstadt, die er auch in hohem Lebensalter immer wieder aufsuchte. Von 1848 bis 1854 besuchte er das Gymnasium in Plauen und studierte dann in Leipzig und Bonn Philologie. Im Herbst 1857 bestand er die Staats- und die Doktorprüfung und begann noch im November desselben Jahres seine Lehrtätigkeit an der Nikolaischule in Leipzig. Im Juni 1858 ging er an die hiesige Kreuzschule und unterrichtete gleichzeitig an der Lehranstalt des Dr. Kruse, die damals für unsere Neustadt ein Gymnasium ersetzte. 1861 wurde er an der Kreuzschule Oberlehrer, 1872 Professor, 1875 Konrektor. In dieser Zeit beteiligte er sich auch erfolgreich am öffentlichen Leben. Er war Stadtverordneter und hat besonders in den Kriegsjahren 1870/71 die Fürsorge für die Verwundeten sich angelegen sein lassen, wofür er mit der Kriegsdenkmünze ausgezeichnet wurde. Hier in Dresden gründete er auch seinen Hausstand mit Clara Jencke, mit der er in glücklicher, reich gesegneter Ehe bis zu ihrem Tode im Jahr 1904 treu vereint blieb.

Nach zwanzigjährigem Wirken als Lehrer erhielt er im Herbst 1877 den ehrenvollen Ruf als Rektor an das Königliche Gymnasium in Chemnitz, wo er der Nachfolger von dessen erstem Rektor, dem nachmaligen Geheimen Rat Vogel wurde. Aber schon nach sechseinhalb Jahren wurde er wieder nach Dresden zurückgerufen, in das Rektorat unserer Schule, die er nun bis Michaelis 1906 leitete. Es waren, wie er selbst sagte, glückliche

Jahre für ihn. Der großen Arbeitslast entsprach seine bewunderungswürdige Arbeitskraft. Er gewann sogar noch die Zeit, seine von früher her ihm liebe schriftstellerische Tätigkeit fortzusetzen und Ausgaben von Plato, die altklassischen Realien und die ästhetischen Erklärungen klassischer Dramen zu veröffentlichen. 1886 feierte er sein 25jähriges Amtsjubiläum unter herzlicher Teilnahme des Kollegiums, in dem er sich bald heimisch fühlte. 1888 erhielt er zu Königs Geburtstag das Ritterkreuz I. Klasse des Verdienstordens, und 1896 den Titel Oberschulrat. Im Oktober 1897 führte er hier in Dresden zusammen mit dem Geheimen Hofrat Ribbeck den Vorsitz in der 44. Versammlung deutscher Philologen und Schulmänner. Michaelis 1902 wurde sein 25jähriges Rektorat-Jubiläum hier in der Aula ehrenvoll begangen und von seinen Mitarbeitern im Verein mit Vertretern der Kreuzschule und des Chemnitzer Gymnasiums in festlicher Versammlung noch besonders gefeiert. Vorausgegangen war schon die allerhöchste Auszeichnung mit dem Komturkreuze* des Albertsordens. Ihr folgte im Mai 1906 die Ernennung zum Geheimen Studienrat.

So konnte er auf eine erfolgreiche, langjährige Arbeit zurückblicken, als er beim Schluss des Sommerhalbjahres 1906 in bewegten Worten von diesem Hause, von unserm Kollegium und der Schülerschaft Abschied nahm. Was dem scheidenden Rektor nach Worten wohlverdienter Anerkennung für das, was er Lehrern und Schülern gewesen war, in dieser feierlichen Stunde der ehemalige Konrektor Baumgarten wünschte, das hat sich zu aller Freude reich erfüllt, ein sonniger Lebensabend ist ihm noch beschieden gewesen. Teilnehmend hat er das Leben seiner alten Schule weiter verfolgt, hat bei feierlichen Anlässen freudig begrüßt hier oft noch unter uns geweilt, hat noch viel Freude erlebt an seinen vier Söhnen, seiner Tochter und seinem Schwiegersohn, die alle in ihrem Amt und Beruf hochangesehen dastehen, hat sich gefreut, dass zwei aus der Schar seiner Enkel die blaugoldne Mütze des Gymnasiums mit Ehren tragen. Auch das Glück wurde ihm zu Teil, dass er in seinem Ruhestand noch tätig sein konnte. Neben der Weiterarbeit für seine älteren Werke, von denen er selbst die neuen Auflagen besorgte, beschäftigte ihn in diesen letzten Jahren die Wundtsche Psychologie und das Neue Testament. Seine letzten im Druck erschienenen Schriften:
Das neutestamentliche Christentum und die neutestamentliche Glaubenslehre auf psychologischer Grundlage sind die reifen Früchte dieser Studien.

Wunderbar frisch und rüstig erhielt er sich bis in sein hohes Alter. Nur die Abnahme des Augenlichtes machte ihm in der letzten Zeit Sorge, sonst war er im Vollbesitz seiner Kräfte. Als er sich eben zu einer Reise rüstete, überfiel ihn eine schwere Krankheit- Ärztliche Kunst suchte noch vergeblich, Hilfe zu schaffen. Nach kurzem Krankenlager verschied er sanft am Morgen des 30. Mai 1913.

Und wenn wir nun heute bei seinem Begräbnis die letzten Ehren ihm erweisen, wenn die umflorte Schulfahne sich senkt über seiner offenen Gruft, wenn wir die Hand voll Erde und die letzten Blumen auf seinen Sarg hinabstreuen, dann sagen wir ihm noch einmal Dank für all sein väterliches Sorgen und Mühen dieser unsrer Schule. Ja, habe Dank, du treuer Entschlafener, für alles was du uns gewesen bist durch dein Werk und dein Vorbild, unvergessen soll uns bleiben deine tiefe Frömmigkeit und deine Demut vor deinem Gott, deine Herzensgüte gegen Lehrende und Lernende, unvergessen deine Gerechtigkeit und deine Festigkeit bei aller Milde, unvergessen deine Arbeitsfreudigkeit und deine Liebe zur Wissenschaft und zur Wahrheit. Ruhe im Frieden, und das ewige Licht leuchte dir!

Selig sind die Toten, die in dem Herren sterben, von nun an. Ja, der Geist spricht, dass sie ruhen von ihrer Arbeit, denn ihre Werke folgen ihnen nach. Amen.

Anhang

7. Jahrgang   Oktober 1934   Nummer 13

BLAU–GOLD

Nachrichten- und Erinnerungsblätter des
Staatsgymnasiums zu Dresden-Neustadt

Herausgegeben gemeinsam mit dem Lehrerkollegium von der
Vereinigung ehemal. Schüler des Gymnasiums zu Dresden-N.

Inhaltsverzeichnis: ECCE. Zu Rektor Wohlrabs 100. Geburtstag. Meine
Flucht aus französischer Gefangenschaft. Aus der Schule. Der Wiedersehens-
abend am 28. April 1934. Geschäftliches. Bitte. Titel- und Wohnungsänderungen.

Zu Rektor Wohlrabs 100. Geburtstag

Martin Wohlrab
geb. 25. Okt. 1834   gest. 30. Mai 1913

75

Zur Erinnerung an Rektor Wohlrab

Am 25. Oktober 1834 wurde zu Reichenbach i. V. dem Gerber=
meister und Landwirt Ernst Gottlob Wohlrab der erste Sohn ge=
boren, Ernst Martin. Frömmigkeit, Arbeitsamkeit und Wohlstand
waren die bestimmenden Eigenschaften der Familie. Sie gaben
die Grundlagen für Ausbildung und Wesensgestaltung. Der Vater
war schon früh darauf bedacht, daß der Sohn, der Kaufmann
werden sollte, mehr lernte als die Schule bot. Zeichnen, Musik,
Französisch und, auf Wunsch des Knaben hinzugefügt, Lateinisch
kennzeichnen den Weg von den Zusatzfächern des wohlhabenden
Bürgertums zur Wissenschaft. Er führte den 14 jährigen Knaben
zum Gymnasium und, weil damals die höheren Schulen noch sehr
dünn gesät waren, fort aus dem Elternhause und der Vaterstadt
nach Plauen i. V. und von da 1854 auf die Universität Leipzig.
Eine wichtige Erweiterung des Blickfeldes boten die Studien=
semester in Bonn, Ostern 1855 bis Michaelis 1856. Dahlmann,
Ernst Moritz Arndt und die Altphilologen Welcker, Ritschl, Jahn,
die anerkannten Führer und Meister der Altertumswissenschaft,
hatten ihren Schülern viel zu geben und erzogen sie zu rechter
wissenschaftlicher Arbeit. Das Heraustreten aus sächsischer Enge
in rheinische Landschaft und rheinisches Leben gab große Berei=
cherung. Der Abschluß der Studien hatte in Leipzig zu erfolgen
mit der Prüfung und der Promotion im Herbst 1857. Nun ging's
hinein in den Beruf, in den Schuldienst, beginnend mit dem Probe=
jahr an der Nikolaischule in Leipzig mit Abschluß an der Kreuz=
schule in Dresden. Wichtig wurde für den jungen Lehrer die
Arbeit an der Krauseschen Lehr= und Erziehungsanstalt in Dresden,
die sehr in Blüte stand, weil die öffentlichen höheren Schulen
nicht alle jungen Leute aufnehmen konnten, die sich damals zur
höheren Bildung drängten. Zusammenarbeit mit sehr tüchtigen
Männern, frühes Herankommen an den Oberklassenunterricht
und Ergänzung der Lehrtätigkeit durch die Erziehungsarbeit
schufen dem künftigen Rektor die Grundlagen seines späteren
Wirkens und weiteten den Blick. Deutschunterricht in Prima und
Beschäftigung mit Plato legte die Keime zu den philologisch=
pädagogischen Veröffentlichungen der späteren Jahre. Von 1861 bis
1877 war Martin Wohlrab Mitglied des Kreuzschulkollegiums,
seit 1875 als Konrektor unter den Rektoren Klee und Hultsch.

19

In diese Zeit fielen der Umzug der Schulgemeinde in den Neubau
am Dobnaer Platz, dem jetzigen Georgplatz, und Umgestaltungen
im Aufbau des Unterrichts, aus denen das neunklassige Gymnasium herauswuchs. So geschult übernahm der Rektor Wohlrab
die Leitung des Chemnitzer Gymnasiums Ostern 1877 und dann
Ostern 1884 als Nachfolger Jlbergs die unserer Schule. An beiden
Stellen war er der Nachfolger des Gründungsrektors. In Chemnitz
war der Vorgänger Theodor Vogel, der spätere Nachfolger
Hugo Jlbergs als Geheimer Schulrat im Kultusministerium. In
beiden Fällen fiel Wohlrab die Aufgabe zu, der jungen Schule
das Ansehen zu erhalten und den bei der wachsenden Schülerzahl nötigen Ausbau durchzuführen. Als Rektor fühlte sich Wohlrab als Hausvater der Schulgemeinde. Das drückte sich für den aus
frommem Hause kommenden, tief ernst religiösen Mann darin
aus, daß er nicht nur die Andachten zu Beginn und Schluß der
Schuljahrabschnitte hielt, sondern auch bei den Vorbereitungs-
stunden für die Abendmahlsgänge der Schule sprach.

Die Leitung unseres Gymnasiums, des damaligen Königlichen Gymnasiums zu Dresden-Neustadt, bildet den längsten Abschnitt in Wohlrabs Wirken. Er hat an dieser Stelle länger ge-
waltet als sein Amtsvorgänger und als die beiden Nachfolger
Friedrich und Heyden, fast so lange wie alle drei zusammen. Das
Wachstum Dresdens, das Aufblühen der Vororte, der Ausbau
des Heeres, der steigende allgemeine Zudrang zur höheren
Schule und das Herbeiströmen von Schülern aus der Umgegend
und aus entfernteren sächsischen und auch außersächsischen Orten
ließen die Schülerzahl anwachsen auf 617 Köpfe, das Kollegium
auf mehr als 40 Lehrer. Der zunehmende Platzmangel nötigte
zur Verkleinerung seiner Dienstwohnung. Es tauchte der Plan
einer Rektorvilla auf; zur Ausführung ist er nicht gekommen.
Es war mir eine Freude, aus Wohlrabs Aufzeichnungen, die
mir die Freundlichkeit der Tochter zugänglich gemacht hat, zu
lesen, was da von der Treue und Gewissenhaftigkeit der Lehrer
und dem guten Geiste der Schülerschaft geschrieben steht. Einige
Sätze seien hier wiedergegeben: „Ich konnte mich der Treue und
Gewissenhaftigkeit meines Kollegiums versichert halten und deshalb jedem das erhebende und belebende Gefühl der Freiheit
im Wirken gönnen, da jeder sich der Verantwortung bewußt war,
die er trug. Es war immer meine Überzeugung und Erfahrung,

20

daß das Beſte, was der Lehrer leiſtet, nicht durch Vorſchriften und Anweiſungen erreicht wird, ſondern durch die Perſönlichkeit, durch den Anteil, den er an der Sache und an den ihm anvertrauten Schülern nimmt. — Durch die Achtung und das Vertrauen, das ich meinen Lehrern gezeigt habe, habe ich ſie mir mehr verbunden als durch Lob und Tadel." Das Jahr 1892 brachte die neue Lehr= und Prüfungsordnung für die Gymnaſien. 1897 führte Wohlrab neben Geheimrat Profeſſor Dr. Ribbeck, dem Vertreter der Univerſität Leipzig, den Vorſitz bei der 44. Verſammlung deutſcher Philologen und Schulmänner in Dresden. Oſtern 1899 feierte die Schule ihr ſchönes, wohlgelungenes Silberjubiläum, an das alle Teilnehmer ſich mit Freude und Dankbarkeit erin= nern und von dem Bilder in unſerm Archiv noch Zeugnis geben. Damals entſtand die Jlberg=Wohlrab=Stiftung zum Beſten der Witwen und Waiſen des Lehrerkollegiums. Wer hätte ſich damals vorzuſtellen vermocht, daß das in Staatspapieren angelegte Ka= pital einſt von der ſchlimmen Entwertung betroffen werden würde?

1872 bekam der Oberlehrer Wohlrab den Titel Profeſſor, 1896 der Rektor den Titel Oberſchulrat, 1903 in Oberſtudienrat geändert, 1906 beim Abgang den höchſten erreichbaren Titel Geheimer Studienrat. Elfmal, von 1898 bis 1905, wurde am Gym= naſium die Reifeprüfung für Schülerinnen der Leipziger Gymnaſial= kurſe von Fräulein Dr. Windſcheid abgehalten. Die Prinzen des königlichen Hauſes beſuchten Schulfeiern und Oſterprüfungen. Das waren die Alltagseinförmigkeit unterbrechende Erlebniſſe, Höhepunkte im Leben der Schule und ihres Rektors. Gemahnt durch Krankheit ging Wohlrab zu Michaelis 1906 in den Ruhe= ſtand. Durch 22 1/2 Jahre war er unſer Rektor geweſen. Auch aus der Muße des Ruheſtandes kam er zu uns bei Schulfeiern. Ein Kennzeichen ſeiner Liebenswürdigkeit und ſeiner Gewiſſen= haftigkeit war es, daß er denen, die ihn in ſeiner Blaſewitzer Altersmohnung aufſuchten, den der Geſellſchaftsregel entſprechen= den Gegenbeſuch machte. Zum letzten Male wohl ſaß er unter unſeren Ehrengäſten bei der Sedanfeier 1912. Am 30. Mai 1913 iſt er geſtorben.

Zum Bilde des ganzen Mannes Wohlrab fehlen uns nun noch wichtige Züge. Nach gutem Philologenbrauche und als rechter Schüler ſeiner Univerſitätslehrer hielt der junge Gymnaſial= lehrer, der Konrektor, der Rektor ſich in Zuſammenhang mit der wissenschaftlichen Arbeit, nicht nur im stetigen Hinzulernen, sondern in eigner Forschung und Darstellung. 1863 erschien die erste textkritische Arbeit zu Platos Gorgias. Es folgten dann wissenschaftliche Ausgaben und Schulausgaben zu mehreren platonischen Schriften. Ein Nebenertrag war eine Arbeit zu Ciceros Tuskulanen als Beisteuer zu der Festschrift für den Dresdner Oberbürgermeister Pfotenhauer. Es waren zu dem Lesestoffkreise des Gymnasiums gehörige Schriften, denen alle diese wissenschaftlichen Arbeiten galten. Rein für die Schule bestimmt waren die Aufgabensammlung zur Einübung der Formenlehre und der einfachsten syntaktischen Regeln der griechischen Sprache und die altklassischen Realien. Diese waren als knappes Lernbuch angelegt und haben viele Auflagen erlebt. Sie wurden später von dem Leipziger Oberstudiendirektor Lamer erweitert und umgestaltet. Aus der Tragikerbehandlung in der Oberprima und aus dem Deutschunterricht, den nach Konrektor Kämmels Weggang der Rektor, einem Zuge der Zeit entsprechend, übernahm, erwuchsen die ästhetischen Kommentare zu Sophokles, Goethe und Shakespeare. Es ist ein Kennzeichen für die Lage des Schulmannes im Gegensatze zum Hochschulprofessor: die Universitätsausbildung und die Amtstätigkeit zwingen uns, in mehreren Fächern nebeneinander zu lernen und zu lehren, und wir werden dadurch angeregt, da und dort zu wissenschaftlichen Fragen Stellung zu nehmen, an der Forschung mitzuarbeiten und Ergebnisse unserer Arbeit zu veröffentlichen. Und bei aller Freude an solchem Schaffen, das über die Alltagskleinarbeit erhebt, kann es doch nur selten und nur besonders begnadeten Männern gelingen, gründliche und zusammenhängende Arbeit mit Wert für den Ausbau der Wissenschaft zu leisten. Zeit und Kraft ziehen Grenzen. Überanstrengung brachte Wohlrab 1894 Krankheit, die ihn zwang, die Arbeit an den Platoausgaben, die mit zeitlichen Bindungen belastet war, aufzugeben. Zu uneingeschränktem Gelehrtenschaffen bot erst die Muße des Ruhestandes wieder Zeit. Was damals entstand, war ein Versuch, das Christentum und die aus der Lebensarbeit des Philologen, des Platoforschers, gewonnene Erkenntnis in Zusammenklang zu bringen, angelehnt an die damals erschienene und weite Kreise stark beschäftigende Wundtsche Völkerpsychologie, ein würdiges Alterswerk eines regen Geistes, ein Bekenntnis des ernsten frommen Mannes.

22

Das Erbe des Elternhauses, die schlichte, fromme Gesinnung, ließ ihn auch dem Rufe zur Mitarbeit im Kirchenvorstande folgen, erst bei der Dreikönigskirche, dann in der neugegründeten Martin=Luther=Gemeinde. Die Freude am Schaffen, am Nützen der geistigen Gaben, mit denen er sich begnadet fühlte, und am Überschreiten der Grenzen, die der Beruf zog, ließ das Drama Melusine entstehen, angeregt durch das Schwindsche Bild, vollendet 1885.

Am 9. August 1862 verheiratete sich Martin Wohlrab mit Clara Jenke, der ältesten Tochter des Dresdner Taubstummendirektors Friedrich Jenke. Von den 4 Söhnen sind die 3 jüngeren noch Schüler unseres Gymnasiums gewesen. Von diesen haben Paul, der Missionar von Mlalo in Ostafrika, und der bei ihm weilende Amtsgerichtsdirektor i. R. Georg im Blau=Gold=Hefte 10 durch des letzteren Bericht die Verbindung mit der Altschülerschaft gepflegt. Erst nach des Großvaters Abgang, aber noch zu seinen Lebzeiten, kamen die Enkel zu uns.

Seit unser lieber, verehrter Rektor Wohlrab die Augen schloß, ist viel Zeit dahingegangen, die Zeit des Krieges und der Nachkriegsnot. Sie hat viel Wandel gebracht. Sein, unser Gymnasium hat standgehalten und möge standhalten, das lebenskräftige gute Alte bewahrend, das lebenskräftige wertvolle Neue aufnehmend. Mit der Doctrina und der Virtus die Pietas verbindend wird es das Gedächtnis des Mannes in Ehren halten, der bisher die längste Amtszeit unter seinen Rektoren gehabt hat.

Dr. Wilhelm Becher

Auszug aus dem Taufregister

der evangelisch-lutherischen Peter-Pauls-Kirchgemeinde Reichenbach im Vogtland

Jahrgang 1834 Seite --- Nr. 210.

Alle für die Abstammung wichtigen Angaben, die in dem vorbezeichneten Eintrag enthalten sind, müssen wiedergegeben werden; auf andere Einträge darf jedoch zur Ausfüllung nicht zurückgegriffen werden.

Täufling:	Name (= Familienname; nur wiederzugeben, wenn in dem Eintrag bei dem Täufling besonders angegeben). Vornamen, Geburtstag, Geburtsort, Tauftag usw. Ernst Martin, geboren am 25. Oktober 1834 – fünfundzwanzigsten Oktober achtzehnhundertvierunddreißig – in Reichenbach i.V., getauft am 28. Oktober 1834.
Eltern:	Name (auch Geburtsname der Mutter). Vornamen, Beruf, Wohnort usw. Mstr. Ernst Gottlob B o h l r a b , Bürger, Loh- Rot- und Sämischgerber in Reichenbach i.V., und Friederike Wilhelmine, weil. Mstr. Friedrich K l o p s , geb. Bürgers und Nieners in Reichenbach i.V., hintl. ehel. Tochter.
Sonstige für die Abstammung wichtige Angaben:	z.B. Angaben über den Erzeuger eines unehelichen Kindes, über Paten, die als Verwandte des Täuflings erkennbar sind usw. ———

Reichenbach i. Vogtl., am 25. Novbr. 193 6.

Ev.-luth. Pfarramt Peter-Paul.

J.V.

(Stempel)

Unger
Pf.

Gg.

Gebühr 0.60 RM

Auszug aus dem Trauregister

der evangelisch-lutherischen Annenkirchgemeinde Dresden.

Jahrgang 1862 **Seite Blatt** --- **Nr.** 146 .

Alle für die Abstammung wichtigen Angaben, die in dem vorbezeichneten Eintrag enthalten sind, müssen wiedergegeben werden; auf andere Einträge darf jedoch zur Ausfüllung nicht zurückgegriffen werden.

Bräutigam:	*Name, Vornamen, Familienstand, Religion, Beruf, Wohnort, Alter (falls eingetragen, Geburtsdatum), Geburtsort usw.* W o h l r a b , Ernst Martin, Dr. phil.und Lehrer an dem Gymnasium zum heiligen Kreuz hier, (juv. = ledig)
	Trautag: 9.August 1862
Braut:	*Geburtsname, Vornamen, Familienstand, Religion, Beruf, Wohnort, Alter (falls eingetragen, Geburtsdatum), Geburtsort usw.* J e n k e , Clara Agnes, (Jgfr.=ledig)
Eltern des Bräutigams:	*Name (auch Geburtsname der Mutter), Vornamen, Beruf, Wohnort, Angabe, ob verstorben usw.* Wohlrab, Ernst Gottlob, ans. Bürger und Lohgerbermeister zu Reichenbach i.V.,
Eltern der Braut:	*Name (auch Geburtsname der Mutter), Vornamen, Beruf, Wohnort, Angabe, ob verstorben usw.* Jenke, Johann Friedrich, Direktor der Taubstummenanstalt hier, —
Sonstige für die Abstammung wichtige Angaben:	*z. B. Angaben über Trauzeugen, die als Verwandte der Brautleute erkennbar sind usw.* Bräutigam: ehelich ältester Sohn, Braut:ehelich dritte Tochter.

Dresden, am 8.März 1937.

Gebührenmarke

Gebühr 0,60 RM

Suchgebühr ——— ₰

1000, 10.36. Lehmann.

Evang.-luth. Pfarramt der Annenkirche

Sterbeurkunde.

Cc 1.

Nr. 1087.

Dresden , am 31. Mai 19 13 .

Vor dem unterzeichneten Standesbeamten erschien heute, der Persönlichkeit nach auf Grund vorgelegten Reisepasses aner kannt, der Amtsgerichtsrat Georg Martin Wohlrab,

wohnhaft in Loschwitz, Eschebachstraße 3, und zeigte an, daß der Geheime Studienrat, Gymnasial- rektor außer Dienst Ernst Martin W o h l r a b ,

78 Jahre alt, evangelisch-lutherischer Religion, wohnhaft in Dresden, Ermelstraße 2, geboren zu Reichenbach im Vogtlande, Witwer,

Sohn de s Privatmanns Ernst Gottlob Wohlrab und dessen Ehefrau Wilhelmine geborenen Klotz, beide verstorben, zuletzt in Reichenbach wohnhaft, zu Dresden, Chemnitzer Straße 17b, am dreißig ten Mai, des Jahres tausendneunhundert dreizehn, vor mittags um sieben einhalb Uhr verstorben sei, wovon er, der Anzeigende, aus eigener Wissenschaft Kenntnis habe.

Vorgelesen, genehmigt und unterschrieben Georg Martin Wohlrab.

Der Standesbeamte.

In Vertretung: Wirth.

Daß vorstehender Auszug mit dem Sterbe-Hauptregister des Standesamts zu Dresden II, jetzt Standesamts I, vom Jahre 1913 gleichlautend ist, wird hiermit bestätigt. Dresden , am 18. März 19 36 .

Der Standesbeamte.

In Vertretung:

(Stempel).

K1.

Stammbaum: Hans Wohlrab und Madeleine Enzmann

16.	17.	18.	19.	20.	21.	22.	23.
Wohlrab, Gottfried, ev.luth. Loh-,Rot-u.Sämischgerber * 8.2.1761 Reichenbach/V. † 17.5.1843 Reichenbach/V	Meyer,Christiana,Sophie, ev.luth. * 30.6. 1766 Treuen/V. † 22.12.1844 Reichenbach/V	Klotz,Christian,Friedr. ev.luth. Riemer, * 18. 2.1777 Reichenbach/V. † 8.1o.1832 Reichenbach/V.	Götze,Wilhelmina,Christina, ev.luth. * 23. 7.1785 Reichenbach/V. † 13. 2.1858 Reichenbach/V.	Jenke, Johann, Schneider, Uhyst * 13.11.1783 †	Reimann, Agnes * 21. 4.1787 Stiebitz †	Loewe, Karl Kreisgerichtsrat * †	Gericke-Luck, Philippine * †
∞ 2o.4.179o Treuen/V.		∞ 8.9.1805 Plohn/V.		∞ 2.1o.1808 Diehsa		∞	
8. Wohlrab, Ernst Gottlob Landwirt ev.luth. * 22.1.18o7 Reichenbach/V. † 19.5.1893 Reichenbach/V.		9. Klotz,Friederike Wilhelmine ev.luth. *27.8.1813 Reichenbach/V. †29.6.1899 Reichenbach/V.		1o.Jencke, Johann Friedrich Dir.d.Taubstummen- anst. ev.luth. * 27.6.1812 Diehsa O.L. † 4.8.1893 Dresden		11.Loewe,Carolina, Maria,Philippina, Henrietta ev.luth. *13.11.1817 Stettin i.Pomm. †22. 2.1882 Dresden	
∞	2o. 5.1834 Reichenbach/V.			∞	27. 6.1839 Neiße		
Großeltern 4. Wohlrab, Ernst Martin Geh.Studienrat,Professor,Dr., *25.1o.1834 Reichenbach/V. †30. 5.1913 Dresden ev.luth.				5. Jenke, Clara,Agnes * 5.12.1841 Dresden †18. 6.19o4 Dresden ev.luth				
∞				9. 8. 1862 Dresden			
Vater 2. W o h l r a b, Hans, Friedrich, Karl Ministerialrat ev.luth. * 2. 6.1863 Dresden †22.12.1929 Dresden							
∞					23. 11. 1897		

	26.	27.	28.	29.	30.	31.
Enzmann, Gotthelf,Friedrich Amtssteuereinnehmer, * [handschr.] Frankenberg/a. † 13.5.1836 Frankenberg/a. Pietzsch, Johanna,Dorothea, Elisabeth, ∞	Schubert, Karl,Christian Bürger,Weber u.Handelsmann, 20.4.1783 Chemnitz	Tetzner,Wilhelmine,Ernestine 28.12.1786 Chemnitz ∞ 5.2.1805 Chemnitz	Rowland, Robert	Wünsche, Magdalena ∞	Heinicke, August, Kreisforstmeister,	Liebscher, Christina ∞

12. Enzmann, Julius Robert	13. Schubert,Rosalie Emma	14. Rowland,Wilhelm	15. Heinicke,Amalia, Christina
Postdirektor ev.luth. * 19.5.1812 Frankenberg/Sa. † ∞ 1o. 6. 1835 Chemnitz	ev.luth. * 9.5.1815 Chemnitz † 2.7.1846 Leipzig	Forst-Ingenieur kath. * Georgstadt †29.11.1888 Alt- stadtwaldenburg ∞	kath. * 1822 Eibenstock †14.5.1885 Alt- stadtwaldenburg

6. Enzmann, Richard,Otto,Robert
Oberjustizrat
*16. 4.1841 Leipzig
†26. 1.1911 Dresden
ev.luth.

7. Rowland, Anna,Johanna
*3o.11.1846 Gratzen i.Böhmen
†24. 6.1925 Dresden
ev.luth

∞ 28. 1 1867 Arva - Varalja (Ungarn)

Großeltern

3. E n z m a n n , Anna,Clara, Madeleine, Gertrud
ev.luth.
* 4. 7.1873 Chemnitz
†
Chemnitz

Mutter

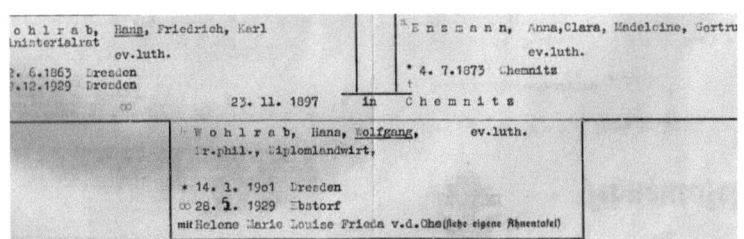

Wohlrab, Hans, Friedrich, Karl
Ministerialrat
ev.luth.
*. 6.1863 Dresden
†.12.1929 Dresden
∞

3. E n z m a n n , Anna,Clara, Madeleine, Gertru
ev.luth.
* 4. 7.1873 Chemnitz
†

23. 11. 1897 in C h e m n i t z

Wohlrab, Hans, Wolfgang, ev.luth.
Dr.phil., Diplomlandwirt,

* 14. 1. 19o1 Dresden
∞ 28. 1. 1929 Ebstorf
mit Helene Marie Louise Frieda v.d.Ohe(siehe eigene Ahnentafel)

Großeltern Wohlrab und ihre Kinder

Hans Friedrich Karl
Wohlrab

geboren: 02.06.1863
gestorben: 22.12.1929

Student in Bonn
und Soldat im 1. Weltkrieg

Anna Clara Madeleine
Gertrude Wohlrab
geb. Enzmann

geboren: 04.7.1873
gestorben: 24.4.1970

Oma in jungen Jahren und
an ihrem 90 Geburtstag

Am 04, Juli 1943, 70. Geburtstag Leni Wohlrab
mit Wolf, Jochen, Christoph (in Fliegeruniform)

Eltern von Hans-Peter Wohlrab

Hans <u>Wolfgang</u>
Wohlrab
Dr. phil. Diplomlandwirt

Geboren: 14.1.1901
gestorben: 11.8.1991

Helene Marie
Louise <u>Frieda</u>
geb. von der Ohe

geboren: 25.10.1904
gestorben: 13.09.1989

Friedel Wohlrabs
80. Geburtstag 1984

Einzelheiten zu deren drei Kindern sind im Buch nachzulesen:
Siehe Seite 92

Glossar

Albert von Sachsen – Seite 42
Albert von Sachsen (* 23.04.1828 in Dresden; † 19 Juni 1902 in Sibyllenort, Polen), aus dem Haus der albertinischen Wettiner war von 1873 bis zu seinem Tode König von Sachsen.

Alumneum – Seite 27
Das Alumnat (*Alumneum*, lateinisch alumnus, Zögling, Pflegling, Sohn) ist eine heute noch gebräuchliche Bezeichnung für die mit Gymnasien verbundenen Schulheime und höheren Schul- und Erziehungsanstalten.

Coeten – Seite 24
Coeten (lateinisch) ein Zusammenschluss oder Versammlung von Schülergruppen.

Deutscher Krieg 1866 – Seite 35
Der Deutsche Krieg von 1866 – ursprünglich als Preußisch-Deutscher Krieg bezeichnet – war die kriegerische Auseinandersetzung zwischen dem Deutschen Bund unter der Führung von dessen Präsidialmacht Österreich einerseits und Preußen sowie dessen Verbündeten andererseits. Nach dem vorangegangenen Deutsch-Dänischen und dem noch folgenden Deutsch-Französischen Krieg war dieser Konflikt der zweite des so genannten Deutschen Einigungskrieges.

Distichons – Seite 15
Ein Distichon (Zweizeiler) ist ein Verspaar bestehend aus einem Hexameter und einem Pentameter.

Ernst Moritz Arndt – Seite 22
(* 26.12.1769 auf Rügen; † 29.01.1860 in Bonn) War ein deutscher Schriftsteller, Historiker, Freiheitskämpfer und Abgeordneter der Frankfurter Nationalversammlung. Er widmete sich hauptsächlich der Mobilisierung gegen die Besatzung Deutschlands durch Napoleon.

Friedrich Christoph Dahlmann – Seite 22
Friedrich Christoph Dahlmann (* 13.05.1785 in Wismar; † 5.12.1860 in Bonn) war ein deutscher Historiker und Staatsmann; bekannt als einer der „Göttinger Sieben" und Mitverfasser der Paulskirchen-Verfassung von 1848. Nach der Thronbesteigung Friedrich Wilhelms IV wurde Dahlmann 1. November 1842 als Professor an die Universität Bonn berufen.

Friedrich Otto Hultsch – Seite 23

Friedrich Otto Hultsch (* 22.07.1833 in Dresden; † 6.04.1906 ebenda) war ein deutscher Klassischer Philologe und Mathematikhistoriker. Nach dem Besuch der Dresdner Kreuzschule studierte Friedrich Hultsch 1851 bis 1855 in Leipzig Klassische Philologie. Nach einem Probejahr an der Kreuzschule folgte 1857 die Anstellung als 2. Adjunkt (Gehilfe eines Beamten) an der Nikolaischule in Leipzig

Friedrich Ritschl – Seite 21

Friedrich Wilhelm Ritschl (* 6.04.1806 in Großvargula (Thüringen)); † 9.11.1876 in Leipzig) war ein deutscher klassischer Philologe, der als Professor in Halle (1829–1833), Breslau (1833–1839), Bonn (1839–1865) und Leipzig (1865–1876) wirkte. Er gilt als Begründer der *Bonner Schule* der klassischen Philologie.

Georg von Sachsen – Seite 42

Friedrich August Georg von Sachsen (* 8.08.1832 in Dresden; † 15.10.1904 in Pillnitz) aus dem Haus der albertinischen Wettiner war 1902 bis 1904 König von Sachsen.

Gorgias – Seite 29

Gorgias von Leontinoi (altgriechisch Gorgias * zwischen 490 und 485 v. Chr.; † zwischen 396 und 380 v. Chr.) war ein griechischer Rhetoriklehrer und Philosoph.
Der „Gorgias ist ein in Dialogform verfasstes Werk des griechischen Philosophen Platon, zu dessen umfangreichsten Schriften er zählt.

Greiz – Seite 24

Greiz ist eine Stadt im Südosten Thüringens, unmittelbar an der Landesgrenze zu Sachsen gelegen.

Guido Reni – Seite 35

Guido Reni (* 4.11.1575 in Cavenzano; † 18.08.1642 in Bologna) war ein italienischer Maler und Radierer.

Hanns Jencke – Seite 39

Hanns Jencke (* 6.04.1843 in Dresden; † 8.03.1910 in Dresden) war ein deutscher Manager und industrieller Interessenvertreter. Zunächst hochrangiger Beamter der sächsischen Staatseisenbahn, wurde er Direktoriumsvorsitzender der Firma Krupp und Vorsitzender des Centralverbandes Deutscher Industrieller.
Er wurde von Alfred Krupp in dessen Firma zum Vorsitzenden der Prokura berufen. Seit 1888 war er Vorsitzender des Direktoriums des Unternehmens. Er war seit dieser Zeit faktisch Leiter des Gesamtunternehmens. In seine Dienstzeit fällt der Erwerb einer Reihe von anderen Firmen, darunter die Germania-Werft in Kiel.

Hexameter – Seite 15
Der Hexameter (wörtlich „Sechs-Maß") ist das klassische Versmaß der epischen Dichtung.

Johann von Sachsen – Seite 27
Johann von Sachsen (* 12.12.1801 in Dresden; † 29.10.1873 in Pillnitz) regierte nach dem Tod seines Bruders Friedrich August II seit 1854 das Königreich Sachsen. Besondere Förderung ließ er dem Schul- und Hochschulwesen angedeihen.

Komturkreuz – Seite 64
Der Begriff Komtur bezeichnet in der Ordenskunde die mittlere Stufe eines in mehrere Stufen eingeteilten Verdienstordens. Die meist übliche Einteilung der Verdienstorden ist in fünf Stufen: Ritter – Offizier – Komtur – Großoffizier – Großkreuz.

Lex Salica – Seite 8
Die Lex Salica wurde 507–511 auf Anordnung des Merowinger Königs Chlodwig I. verfasst, womit sie eines der ältesten erhaltenen Gesetzbücher ist.

Metamorphosen – Seite 16
Die Metamorphosen („Bücher der Verwandlungen") des römischen Dichters Ovid, geschrieben vermutlich ab dem Jahr 1 oder 3 n. Chr.

Michaelistag – Seite 44
Michaelistag, so wird der 29. September sowohl von den Katholiken als auch von den Protestanten wegen der an diesem Tage in der Christenheit begangenen Gedächtnisfeier der Kirchenweihe des hl. Erzengels Michael genannt.

Nitzsch – Seite 20
Gregor Wilhelm Nitzsch (* 22.11.1791 in Wittenberg; † 22.07.1861 in Leipzig) war ein klassischer Philologe.

Ovids Tristien – Seite 15
Die Tristia (*Klagelieder*) sind in fünf Büchern überlieferte poetische Briefe, die der Dichter Ovid aus seinem Verbannungsort Tomis am Schwarzen Meer ungefähr in den Jahren 8 bis 12 n. Chr. an verschiedene Adressaten richtete.

Phaedo – Seite 38
Plato's Phaedo ist einer der großen Dialoge seiner Zeit.
The Phaedo, which depicts the death of Socrates, is also Plato's seventh and last dialogue to detail the philosopher's final days.

Philologe – Seite 8
„Liebe zur Sprache". Es ist die zusammenfassende Bezeichnung für die Sprache und Literaturwissenschaft einer Sprache oder eines Sprachzweiges.

Plutarch – Seite 16
War ein griechischer Schriftsteller (* um 45 in Chaironeia; † um 125). Er verfasste zahlreiche Schriften, die seine umfassende literarische und philosophische Bildung und Gelehrsamkeit zeigen.

Polybius – Seite 28
Polybius ist der Name von Polybios (* um 200 v. Chr.; † um 120 v. Chr.) antiker griechischer Historiker.

Richard Hartmann – Seite 17
Richard Hartmann (* 8. Nov. 1809 in Barr, Elsass; † 16. Dez. 1878 in Chemnitz) war ein deutscher Maschinenfabrikant und Eisenbahnpionier.

Sallusts Catilina – Seite 16
Gaius Sallustius Crispus, deutsch Sallust (* 01.10.86 v. Chr.; † 13.05. 35 oder 34 v. Chr. in Rom) war ein römischer Geschichtsschreiber und Politiker.

Sarne – Seite 39
Klein Sarne (heute Polen: Sarny Małe) war ein Bauern- und Siedlerdorf in der fruchtbaren Neiße-Niederung.

Terenz – Seite 16
Publius Terentius Afer, auf Deutsch Terenz (* zwischen 195 und 184 v. Chr. in Karthago; † 159 oder 158 v. Chr. in Griechenland), war einer der berühmtesten Komödiendichter der römischen Antike.

Tiedge – Seite 19
Christoph August Tiedge (* 14.12.1752 in Gardelegen; † 8.03.1841 in Dresden) war ein deutscher Dichter.

Thomas a Kempis – Seite. 31
Thomas von Kempen, lat. Thomas a Kempis (* um 1380 in Kempen; † 25.07.1471 im Kloster Agnetenberg) war ein Augustiner-Chorherr und geistlicher Schriftsteller.

von Schwind – Seite 45
Moritz Ludwig von Schwind (* 21.01.1804 in Wien; † 8.02.1871 in Niederpöcking, Oberbayern) war ein österreichischer Maler und Zeichner.

Welcker – Seite 21
Friedrich Gottlieb Welcker (* 4.11.1784 in Grünberg; † 17.12.1868 in Bonn) war ein deutscher klassischer Philologe und Archäologe, der als Professor in Gießen (1809–1816), Göttingen (1816–1819) und Bonn (1819–1868) wirkte.

Wilhelm Wundt – Seite 55

Wilhelm Wundt, (* 16.08.1832 in Neckarau (heute zu Mannheim); † 31.08.1920 in Groß-bothen bei Leipzig) war ein deutscher Physiologe, Psychologe und Philosoph.

Zarncke - Seite 20

Friedrich Karl Theodor Zarncke (* 7.07.1825 in Zahrensdorf; † 15.10-1891 in Leipzig) war ein deutscher Germanist.

Herstellung und Verlag:
BoD – Books on Demand, Norderstedt
ISBN 978-3-7357-9182-5